달의 바퀴를 굴리며

사와 문장을 잇는 이야기들

달의 바퀴를 굴리며

송은숙
산문집

연암서가

아마 시작은 '스프레이'였을 것이다. 두 번째 시집에 실린 시 「스프레이」를 쓴 뒤 같은 제목의 수필을 썼다. 「뜻밖에 목련이」란 시를 쓴 뒤에도 「목련 편지」란 제목의 수필을 시작 노트 삼아 썼다. 아니, 시작 노트를 수필 삼아 썼나.

수필 같은 시작 노트를 쓰면서 나는 시를 쓸 때의 분위기, 감정, 풍경과 사유를 되짚어 떠올렸다. 그때를 다시 한 번 경험하고 새롭게 살아내고자 했다.

사르트르는 『문학이란 무엇인가』에서 시를 춤에, 산문을 걸음걸이에 비유하였다. 동일한 다리의 움직임이지만 춤추기는 그 자체를 목적으로 하는 창조적 움직임인 반면, 걷는다는 행위는 다른 곳으로 이동하기 위한 수단이라는 것이다. 그래서 시인은 '언어를 섬기는 사람'이며, 산문가는 '언어를 이용하는 사람'이라고 하였다.

하지만 시에도 산문적인 요소가 있고, 산문에도 시적인

요소가 있으니 둘은 상보적이다. 춤을 추느라 허공에 들어 올린 손이나 발. 춤의 발자국은 여백이 많다. 그 여백을 채 워가는 게 수필 아닐까.

　지금까지 네 권의 시집을 냈는데, 이번 산문집에선 주로 첫 번째 시집『돌 속의 물고기』와 두 번째 시집『얼음의 역 사』를 대상으로 하였다. 물론 그렇지 않은 것도 많다. 나머 지 시편은 다음 기회에 더 많은 사유를 통해 산문으로 표현 해 보겠다.

　시작 노트라 했지만, 시와 별개로 한 편의 수필로도 완 성하려 애썼다. 시는 시대로, 산문은 산문대로 자족하는 셈 이다.

　늦은 밤 거실 불을 켜놓고 드나드는 걸 감내한 가족과 조언을 아끼지 않은 '봄시' 동인들, 졸고를 기꺼이 맡아 주 신 연암서가에 깊은 감사를 드린다.

2025년 가을에

송은숙

차
례

3부
고요는 보내고
소란은 걸러낸다

4부
마침내
지구에서
가장 중요한 곳에
도착했다

〈1부〉

녹색 광선

녹색 광선

태양이 질 때 주변의 녹색 광선을 본다면

삶의 진실을 알 수 있다지요

에릭 로메르 감독의 영화를

폐업을 앞둔 비디오 가게에서 백 원에 빌려 본 날

주인공이 바라보는 녹색 광선이 내게 안 보인 건

여러 가게를 전전한 백 원짜리 낡은 비디오여서일까요

비디오 가게는 컴퓨터 수리점으로

인테리어 시공사로 보습학원으로

간판을 바꾸어 달며

태양이 장엄하게 바다 너머로 끌려가듯

개소주를 내리는 건강원으로

구십 프로 세일을 하는 아웃도어 매장으로

늘 새롭게 변신하지요

하지만 햇빛을 반사하는

사거리 고층 빌딩 유리창처럼

안을 들여다볼 수 없어요

결정적인 순간에 버퍼링이 나지요, 진실이란

이제 인형 뽑기 가게로 바뀌어

플라스틱 상자 속의 인형들처럼

무더기 무더기로 쌓여 있지만

들어 올리려다 자꾸만 떨어뜨리고 말지요

그저 오래 잠 못 이룬 내 눈 주위처럼 몽롱한

태양의 다크서클 같은 걸 보고 싶을 뿐인데요

—「녹색 광선」 전문

◇◇◇

아이들이 어렸을 때 우리는 반구동에 살았다. 집에서 병영 쪽으로 큰길을 따라 내려가다 보면 낡은 비디오 대여점이 있었다. 대여점만큼이나 오래된 비디오를 빌려주었는데, 아이들이 유치원에 간 사이 주로 거기서 빌린 비디오를 보았다. 대여료는 백 원. 거의 거저 다 싶은 가격이다. 한참 영화에 빠져 있을 때라 하루에 두 편, 어떤 때는 서너 편까지. 비디오 렌트 50, 세계 영화 100, 100가지 영화 이야기 같은 책을 읽으며 책에서 추천하는 바그다드 카페, 성스러운 피,

나의 아름다운 세탁소, 안개 속의 풍경 등을 찾아서 감상했다. 에릭 로메르 감독의 영화 <녹색 광선>을 본 것도 그즈음이다.

녹색 광선은 태양이 수평선 아래로 잠길 때 하늘과 바다에 잠깐 나타나는 녹색띠인데, 그것이 빚어지는 찰나에 삶의 진실이 드러난다고 한다. 물론 그 빛을 만나는 순간은 삶에서 그리 많지 않다. 진실은 대개 무표정한 얼굴 밑에 감추어져 있고, 빛은 번쩍하는 순간, 이미 우주 끝으로 달아나 버리지 않던가.

내성적인 소녀인 델핀도 그 진실의 아름다움을 만나기 위해 여름휴가 내내 우울한 소요를 거듭한다. 아마 델핀은 운명적 사랑, 완벽한 기다림을 꿈꾸었던 것 같다. 녹색 광선이 보내주는 운명의 신호, 사랑에 대한 확신을. 그리고 물론 마지막 순간에 그런 사랑을 만난다.

하지만 아뿔싸! 나는 태양이 서서히 바다에 잠기는 그 순간, 하늘과 바다가 만나는 그 지점에 생기는 녹색 광선을 보지 못했다. 텔레비전이 지지직거리며 화면에 물결무늬가 나타났기 때문이다. 하도 오래된 비디오라 이런 일이 자주 일어나서 그러려니 하는 편인데, 하필 그 순간에 버퍼링이 생길 건 또 뭐람.

비디오 상태가 조악한 편이라 다시 볼 엄두는 내지 못했다. 어쩌면 삶의 진실이란 저 흔들리는 잿빛 화면 뒤의 무엇 같은 게 아닐까. 작은 새가 남기고 간 울음소리, 해가 뜨면 시들어버리는 달맞이꽃의 향기, 눈에 잘 띄지 않고 잡을 수 없는 신기루 같은 것.

김동인의 「무지개」란 단편 소설에는 무지개의 아름다움에 홀려 그것을 찾아 나서는 젊은이가 나온다. 바로 앞에 빛나고 있어서 다가가면 다시 한 발짝 물러나는, 손에 움켜쥐었다고 생각하는 찰나 스르르 빠져나가는, 그만두려는 순간 다시 나타나 더 황홀한 빛으로 유혹하는 무지개. 젊은이는 노인이 되어 마침내 무지개를 잡고서 기뻐하며 사람들에게 자랑한다. 하지만 손을 폈을 때, 손안에 놓인 것은 한갓 기왓장이었다.

운명적인 사랑을 보여주는 녹색 광선은 너무 빨리 사라지고, 둘은 긴 세월을 그 광선의 아름다움과 경이로움을 추억하며 보낼지 모른다. 그것을 만나기까지 거듭된 번민과 방황을 천천히 되새길지 모른다. 어쩌면 그 찰나의 아름다움은 젊은이를 홀린 무지개 같은 것일지도.

일 년 반 정도, 그 비디오 가게는 아이들이 어려서 극장에 자주 못 가는 내게 훌륭한 영화관이 되어 주었다.

그런데 일이 있어서 오랜만에 가게에 들렀더니 이번엔 비디오테이프를 빌려주는 게 아니라 아예 팔고 있었다. 그것도 대여 가격과 같은 백 원에. 가게를 접을 생각이라 이제 더는 대여를 하지 않는다고 했다. <녹색 광선>을 소장할까 싶어 찾아보았지만 보이지 않았다. 아니, 마구 쌓아놓은 산더미 같은 테이프들 속에서 무언가를 찾는다는 게 불가능해 보였다. 아마 이 낡은 테이프들을 묶음으로 사 가는 또 다른 대여점이나 판매상이 있는가 보다.

하루에 영화 두 편을 상영하던 변두리 극장이 개발에 밀려 문을 닫을 때보다 더 허탈했다. 입안에 든 맛있는 음식을 빼앗긴 기분. 테이프를 돌릴 때 일어나던 버퍼링이 일상에서도 일어나는 것 같았다.

다행히 얼마 뒤에 일을 갖게 되어 영화 취미는 접게 되었는데, 어쩌다 비디오 가게 자리를 지날 때마다 업종이 바뀌어 있었다. 건강원, 벽지와 타일 전문점, 페인트 대리점, 인형 뽑기 가게. 우리가 집을 장만해 그 동네를 떠나기까지 몇 해 동안, 사거리에서 멀지 않아 제법 교통이 좋은 편이었던 그 자리는 이상하게도 자주 간판을 바꿔 달았다. 내가 마지막으로 본 건 '왕창 세일, 전 품목 오천 원'하며 떨이 옷을 팔던 모습이다.

그날 석양 무렵 거기를 지나가게 되었는데, 마침 얼마 전 완공되어 위풍당당 위용을 드러내던 고층 건물 유리창에 지는 햇살이 부딪쳐 눈부시게 빛났다. 걸음을 멈추고 바라보다 무심코 자리를 바꾸니 눈 부신 빛은 간데없고 그저 갈색 유리창일 뿐이다. 이상하다 싶어 고개를 돌려보니 다시 유리창에 눈 부신 빛. 작은 차이로 빛이 보이다 안 보이다 하는 걸 보니 로메르 감독의 <녹색 광선>이 떠올랐다. 녹색 광선처럼 나타났다가 금방 사라지는 빛.

빛의 발견은 찰나에 이루어진다. 가게에서 건물을 보면 그 빛이 보인다. 누군가 간판을 바꾸어 달 때, 아니면 가게 문을 닫게 되었을 때 저 빛을 바라본다면, 어쩌면 아, 인생은 원래 그런 거야, 라고 위안을 얻을 수 있을까. 찰나에 나타났다 사라지는, 하지만 결국 다음 날 해가 떠오르면 다시 나타날 저 빛을 보며.

구두 한 짝

횡단보도 가운데 놓인 구두 한 짝을 보았다

추적추적 비 오다 말다 하는 날이다

바퀴에 밟히고 치여 납작해진 남루

옆구리에 뭉클 금이 가 있다

간밤 사고의 흔적, 수습되지 않은 유품

누군가 돌연 세상을 향해 던진 분노의 짱돌

길 건너던 치매 노인이 문득 벗어둔 것

나도 엘리베이터 앞에서 무심코 신발 벗어든 적 있다

전두엽이 추락의 순간을 예감했던가

스스로 추락을 택한 사람들은

빈손 같은 신발 한 켤레 뒤에 남긴다

입을 벌린 신발은 지독한 허기의 표현이다

구두 한 짝 벗어놓고 절름거리며 간 사람

남은 한 짝으로 세상을 건너는 사람

짜부라진 구두에 빗물 흥건하다

달려오던 버스 바퀴에 뒤집혀 아스팔트에 엎어졌다

엎어져 한 생애를 토하고 있다

—「구두 한 짝」 전문

◇◇◇

작년 가을에 대구박물관에서 열린 <한국인의 신발, 발과 신>이란 전시회에 간 적이 있다. 거기에서 조선 시대 원이 엄마의 미투리를 보았다. 1998년 안동시 정상동에서 이응태의 묘지를 이장하다 아내인 원이 엄마의 편지와 미투리 등이 발견되었는데, 순한글로 쓴 편지에는 뱃속에 유복자까지 있는 아내의 남편을 향한 절절한 그리움과 슬픔이 담겨 있다. "자네 늘 나에게 이르기를 둘이 머리 세도록 살다가 함께 죽자 하시더니 어찌하여 나를 두고 자네 먼저 가시는고"와 같은 애절한 구절이, 종이가 모자라 여백에까지 빼곡히 적혀 있다. 황망히 썼을 터라 글자 크기도 고르지 않다. 실물을 보니 사진으로 볼 때보다 더 마음이 아려온다.

원이 엄마의 미투리는 편지보다 더 눈이 갔다. 미투리는 삼베와 머리카락을 엮어 짰다. 서정주 시인의 「귀촉도」란 시에도 머리칼로 짠 미투리가 나온다. "신이나 삼아줄 걸

슬픈 사연의/ 올올이 아로새긴 육날 미투리/ 은장도 푸른 날로 이냥 베어서/ 부질없는 이 머리털 엮어드릴걸." 관 속에 미투리를 넣지 못했기 때문에 아쉬움과 한스러움을 담은 표현이겠는데, 원이 엄마는 실제 머리칼을 섞어 짠 미투리를 남편의 무덤에 넣었다. 신체발부수지부모(身體髮膚受之父母)라 가르치던 시대에 머리칼을 자르고 그것으로 직접 신을 엮을 때 어떤 심정이었을까.

원이 엄마의 미투리는 먼 길 떠날 때 배기지 말라고 바닥에 더 많은 머리칼을 두었는지 바닥이 코나 뒤축, 옆날보다 더 검다. 검게 굳어버린 피딱지 같다. 자기 몸의 일부인 머리칼을 잘라 신을 엮어 무덤에 넣어준다는 것은 어쩌면 같이 무덤에 눕는 순장처럼 느껴진다. 지극한 슬픔과 애도의 표현.

헤밍웨이가 썼다고 전해지는 세상에서 가장 짧은 소설, "For sale: baby shoes, never worn.(아기 신발 팝니다. 한 번도 신지 않았어요.)"에도 신발이 등장한다. 짧은 문장이지만 아장아장 걷는 아기의 모습을 그리며 신발을 샀을 젊은 부부의 기대와 희망, 그 아기를 잃었을 때의 애통함이 느껴진다. 여섯 단어에 불과한 이 문장에 소설의 요소인 비극, 상상력, 공감 등이 다 담겨 있다.

태어나서부터 죽을 때까지 삶의 동반자처럼 우리와 함

께하는 신발. 어쩌면 우리가 신발을 신고 가는 것이 아니라 신발이 우리를 데리고 가는 건 아닐까. 어떤 일을 시작하려고 준비할 때 흔히 '신들메(들메끈)를 조인다.'라고 하는데, 신발이 벗겨지지 않도록 들메끈을 다시 매는 이 행위가 신발과 삶의 관계를 잘 보여준다. 살아있음, 행동, 활기, 혹은 일상의 흔적 같은.

신발, 하면 고흐의 그림이 떠오른다. 고흐는 구두를 주제로 여러 편의 그림을 그렸는데, 주로 낡고 흙이 묻어 더러워진 농부의 구두이다. 구두는 신발 끈이 풀렸거나, 발이 들어가는 입구가 늘어졌거나, 바닥을 위로 하고 뒤집혀 있다. 그림을 가만히 보면 구두 주인의 삶의 무게나 노동의 흔적이 고스란히 느껴진다. 하이데거는 『예술 작품의 근원』에서 그 구두 그림을 보고 "우리는 이 구두를 통해, 농부 여인의 고단한 삶, 그녀의 걸음, 들판의 땅, 비와 바람, 외로움, 생계의 투쟁을 느낄 수 있다."라고 하여, 그림이 단순한 정물화를 넘어서, 존재의 진리(Sein)가 드러난다는 철학적 논지를 끌어냈다. 신발은 우리 몸의 가장 밑바닥에 위치하며 노동과 이동을 통하여 우리 존재를 가장 높은 곳으로 끌어올린다.

그래서인지 스스로 죽음을 택하는 사람은 흔히 신발을 가지런히 벗어놓고 간다고 한다. 신발을 벗는 행동 자체가 세상과의 단절을 보여준다. 무심코 신발을 벗고 엘리베이터를 탄 적이 있는데, 신발을 벗는 행위와 연관 지어 엘리베이터가 추락할지도 모른다는 무의식적인 공포의 표현 아니었을까. 그처럼 죽음의 흔적, 죽음의 기억에는 꼭 신발이 등장한다. 큰 사고 현장에는 어지러이 벗겨진 신발들이 나뒹군다. 이태원 참사 유실물센터나 절멸 수용소인 부헨발트 수용소에도 주인 잃은 갖가지 신발이 전시되어 있다. 신발은 그 주인의 삶을 가장 잘 보여주는 상징물이다.

비가 추적추적 오는 날 버스를 타려고 건널목을 건너다 건널목 가운데 놓인 구두 한 짝을 보았다. 가죽과 실밥이 터진 낡은 구두였다. 신호가 바뀌어 차가 지나가기 시작하자 구두는 차 바퀴에 깔려 짜부라지거나 바퀴에 튕겨 뒤집히기도 했다. 나머지 신발은 어디에 있을까? 사실 한 짝뿐인 신발은 한 짝뿐인 양말이나 장갑보다 더 쓸모가 없다. 양말은 특별히 좌우를 구별하지 않기 때문에 바꿔 신어도 되고, 장갑은 하다못해 냄비를 들어 올릴 때 쓸 수 있지만 신발은? 흙을 넣고 화분으로 만들면 어떨까, 잠시 생각해 보지만 역시 어렵다. 그래서 무용해 보이는 한 짝의 신발은 여러 가지 감정을 불러일으킨다.

로드 킬

강물에 뛰어드는 누 떼를
악어는 물이랑에 숨어 기다린다
마침내 누의 뒷다리에서 흘러나온 붉은 피가

꽃잎처럼 떠올랐다 사라진다
풀숲에 쓰러진 얼룩말의 피는 대지에 스며
사바나의 관목을 키운다
하이에나는 골수를 빨고
개미들은 마지막 한 점의 살을 집어낸다

여기, 끊임없이 흐르는 검은 길이 있다
강철 같은 이빨을 숨겨둔 단단한 길
쓰레기통 뒤지러 건너는 어미 고양이 옆구리에
날카로운 이빨을 박아 넣는다

잿빛 털 뭉치에 엉거주춤 고여 있는 피

빵 봉지처럼 부풀었다 졸아든 일생이

납작하게 들러붙어 있다

오래 떠돌다 비로소 안식처를 찾은 듯

두 팔을 한껏 벌리고

스스로 검은 길로 변해가는

─「로드 킬」 전문

◇◇◇

자연 다큐멘터리를 즐겨 보는 편이다. 세렝게티나 마사이 마라의 끝없는 초원이나 오카방고 삼각주를 흘러 다니는 물줄기 곁엔 언제나 생명이 넘친다. 풀을 뜯는 얼룩말과 가젤, 해마다 물을 따라 이동하는 누 떼, 그들을 노리는 사자 무리, 사냥감을 나무 위로 끌어 올리는 표범. 이름난 대형 동물들만 있는 건 아니다. 뱀을 노리는 미어캣, 코뿔새와 함께 사냥하는 난쟁이몽구스, 뒷다리로 깡충거리는 뛰는 쥐, 코뿔소 등에 붙어 진드기를 쪼는 혹등조, 벌잡이새, 도마뱀…. 사바나는 눈을 떼기 어려운 생명체들의 무대이다.

그러나 가장 오래 시선을 붙드는 건, 생명의 끝에서 벌어지는 일이다. 사자가 먹이를 뜯고 떠나면 하이에나가 나타나 남은 부위를 탐한다. 그 자리를 또 대머리독수리와 까마귀, 대머리황새가 채운다. 마지막으로 개미 떼와 파리들. 파리가 눈처럼 무른 부위에 알을 낳으면 애벌레들이 깨어나 남은 한 점까지 깨끗이 비워낸다.

그리고 남은 것은 바람과 햇볕과 비. 뜨거운 태양은 사체에 미세한 균열을 만들고, 우기의 바람과 비는 그것을 먼 곳으로 옮긴다. 이름도 형체도 지워진 자리에 세균과 균류 같은 분해자가 번식한다. 마침내 그들은 흙이 된다. 아무도 그 죽음을 흙으로 덮어주지 않아도, 그들은 흙으로 돌아간다. 그것이 초원의 방식이다.

죽음과 흙, 혹은 대지에 관한 사유는 이란 감독 압바스 키아로스타미의 <체리 향기>란 영화에도 잘 드러난다. 한 남성이 자살을 결심하고, 죽은 뒤에 자신의 몸에 흙을 덮어줄 사람을 찾기 위해 온종일 자동차를 타고 다니며 낯선 사람들과 대화를 나눈다. 그는 체리 나무 아래 미리 구덩이를 파두고, "내일 아침에 내가 체리 나무 아래 누워있지 않으면 그냥 가면 되고, 만약 내가 죽어있다면 그 위에 흙만 덮어 달라."고 말한다. 흙을 덮어달라는 것은 단지 묻히는 것이 아니라, 누군가가 자기의 존재를 확인하고 그 마지막을 기억해 주기 바라는 것이다.

이슬람교에서는 시신을 화장하는 것을 금지하고 있으며, 죽음 후 빠른 매장을 권한다. 이는 내세에 대한 강한 믿음과 신의 뜻에 순응하는 자세를 강조하기 때문이다. 하지만 종교적인 이유보다 죽은 후 완전히 버려지지 않고 '마지막 존엄'을 위해 자신을 흙으로 덮어줄 누군가의 손길이 필요한 것은 아닐까. 그는 죽기를 원했지만, 잊히기를 원하진 않았다. 죽음 이후에도 완전히 혼자가 되기를 바라진 않는 것이다. 인간은 동물과 달리 죽음의 순간에서조차 타인과의 관계, 따뜻한 손길이 필요한 존재이다.

초원의 동물처럼 자연의 방식으로 흙이 되든, 인간처럼 어떤 의식의 형태가 필요하든 죽음은 자연으로 돌아가는 일이다. 대지는 이들 죽음을 품고 죽음은 대지와 하나가 된다.

하지만 흙이 되지 못하는 죽음도 있다. 아스팔트 위에서 가끔 차에 치여 죽은 동물을 본다. 고양이가 눈앞에서 치이는 걸 두 번 보았다. 버스를 기다리다가 저 앞에서 검은 물체가 하늘로 솟구치다 떨어지던 장면. 그 고양이는 두어 번 뛰어오르다 잠잠해졌다. 그리고 한번은 내 부주의로 일어난 일이다. 길을 가다 깡통을 머리에 뒤집어쓴 새끼 고양이를 보았다. 아마 깡통 안에 든 찌꺼기를 먹으려 하다 머리가 낀 모양이다. 고양이는 앞이 보이지 않아서 위험한 차도를 이리저리 가로지르며 날뛰고 있었다. 마침, 내 옆에 왔길래 깡통을 벗겨 주었는데 놀란 고양이가 찻길로 뛰어들어 그만 차에 치이고 만 것이다! 찰나의 일이다. 그때 깡통을 벗겨 주지 말아야 했나? 모르는 체하고 지나가야 했을까? 물론 고양이를 꼭 붙들고 벗겨 주어야 했다. 하지만 그 버둥거림과 눈 깜짝할 사이의 달아남. 그 사건은 너무 큰 상처가 되어서 한동안 그 길로 다니질 못했다.

그리고 비둘기와 참새와 쥐가 죽은 것도 보았다. 큰 동물은 신고하면 사체처리반이 와서 치워주지만, 작은 동물들은 그렇지 못하다. 그 동물은 죽고도 자연으로 돌아가지 못한다. 청소 동물도, 흙도 그에게 오지 않는다. 대신 타이어 바퀴가 오고 나중엔 아스팔트에 눌려 납작해진다. 결국, 그는 흙이 아닌 도로가, 길이 된다. 그리고 잊힌다.

언젠가 아스팔트 위에서 죽은 개구리를 본 적이 있다. 대체로 동물의 사체를 보면 성호를 긋고 짧은 기도와 함께 나뭇가지를 이용해 길옆의 풀밭이나 화단으로 옮겨주는 편인데, 그 개구리는 아스팔트와 한 몸이 되어 떨어지지 않게 붙어있었다. 마치 화석이 된 물고기나 나뭇잎처럼 아스팔트 화석이 되어있었다. 흔적으로 남았다. 아, 얼마나 고통스러운 일인가. 개구리는 날마다 바퀴에 깔리고 발에 밟힐 텐데.

날마다 죽음을 되풀이할 텐데. 같은 사건이 반복되는 타임루프처럼.

이것도 순환(循環)인가. 근심과 고통의 환(患). 아니, 오히려 삶에서 해방되어 안식을 찾은 것에 대한 기쁨의 환(歡). 모든 것은 바뀌고 변해간다는 변환의 환(換).

이제 나는 아스팔트 위의 죽음을, 흙으로 돌아가지 못한 존재를 기억하며 글을 마친다. 흙이 아니라면 이 문장이 그의 덮개이기를.

살아남기

청개구리 몸 색깔의 변화나

고슴도치의 가시, 풋과일의 신맛

모두 난바다 같은 한 세상 살아남으려는 발버둥이어서

호동그란 눈 날개 끝에 그려 넣어

새들을 놀라게 하는 애물결나비의 허장성세는 슬프다

어린 것의 발그레한 뺨과 오물거리는 입술도 슬프다

그들은 제 몸 보호할 무기 없으므로

손과 발 튼튼해지기까지 사랑스러움으로 살아남는다

살아남음, 이렇듯 위태롭고 위대한 것이어서

사무실 옆 건물 시멘트벽 허술한 구멍에 자리 잡은

비둘기 부부도 나날이 안간힘이다

자주 알을 품어 날려 보내는 눈치인데

그래도 출근길 보도블록 위에 구구 날아드는

비둘기 무리는 매양 그대로다

그 줄기찬 포란은 어디로 갔을까

가끔 포도 위에 흩어져 있는 솜털 같은 것을 보며

여린 깃이 하늘을 나는 날개로 자라기까지

하늘의 넓이와 거리를 생각한다

날아야 한다는 사실도 자주 잊는 어미들

아기 새의 안녕에도 이내 무심해져

표정 없는 눈빛으로 종종거리고

매달릴 곳 없는 시멘트벽이 때로 그리워지듯

맨살에 감겨드는 비보호의 평화가 슬프다

—「살아남기」 전문

◇◇◇

가끔 들여다보는 인터넷 사이트에 비둘기 퇴치법을 알려달라는 글이 올라왔다. 실외기에 비둘기들이 내려앉아 아무리 쫓아도 날아가지 않는다며, 조류 공포증이 생길 것 같다는 내용이었다. 댓글엔 부엉이 같은 맹금류 조형물을 달아봐라, 시골에선 반짝이 줄로 까치 쫓는다니 그거 달아봐라, 비둘기가 계피 향 싫어한다니 계피 우린 물 놓아두라는 등 여러 가지 퇴치법이 친절하게 달려 있었다.

그중에 버드 스파이크 설치하세요, 하는 글이 있어서 버드 스파이크를 찾아보니 새가 앉지 못하도록 뾰족한 침 같은 게 무수히 달린 네모 판이다. 보는 것만으로도 내가 찔린 듯 아파지는 것 같아 이렇게까지 해야 하나 싶은 생각이 들었다. 하지만 퇴치법이 이렇게 많다는 것은 피해가 그만큼 크기 때문일 테고, 시끄러운 울음소리와 깃털과 똥에 시달리다 보면 무슨 수든 써보려 애쓸 것이다. 까치나 두더지처럼 농작물에 실제 피해가 간다면 더더욱.

오래전 근무하던 회사에도 비둘기가 있었다. 이 비둘기는 사무실 맞은편 담에 생긴 구멍을 집 삼아 알을 낳고 새끼를 길렀다. 사무실 이편에선 구멍 안이 들여다보이진 않지만, 구멍 안에 들어간 비둘기가 나오지 않거나 무언가를 입에 물고 자주 들락거리는 것으로 알을 품고 새끼를 키운다는 걸 알았다. 새끼 비둘기가 집을 떠나면 어미 비둘기도 다른 곳에서 머무는지 한동안은 구멍이 한산하다. 구멍은 벽에 뚫린, 그냥 구멍이다. 그리고 얼마 지나지 않아 다시 구멍 안이 붐비는데, 이때 구멍은 비둘기의 보금자리다. 새끼 비둘기가 이소(離巢)할 때까지 어미 비둘기들은 비좁은 구멍을 잘도 들락거렸다.

출퇴근길에 보면 사무실 주변엔 몇 마리 비둘기들이 늘 모이를 쪼고 있었다. 그 시멘트 바닥에 무슨 먹을 게 있는지 비둘기들은 사람이 다가가도 피하는 기색도 없이 종종거리며 부리로 바닥을 쪼았다. 그런데 비둘기가 그렇게 쉬지 않고 새끼를 키운다면 개체 수가 훨씬 더 많아야 할 것 같은데도 늘 그 무리가 그 무리였다.

둥지를 떠난 새끼는 더 먼 곳으로 날아가는 걸까, 어미가 자신의 터전을 양보하고 떠나는 걸까, 아니면 개체 수 조절을 위해 무리가 적당히 나뉘는 걸까, 그도 아니면 사무실 주변에 종종 나타나는 길고양이들이 잡아먹는 걸까. 실제 깃털이 흩어져 있는 걸 본 적도 있지만, 줄기찬 알 품기에 비해 그 경우는 몇 차례 없어서 사무실을 떠날 때까지 비둘기 무리의 숫자는 미스터리였다.

하긴 사체가 눈에 띄지 않는다고 죽음이 없는 게 아니다. 고양이의 경우 평균 수명이 집고양이가 15년인데 비해 길고양이들은 3년 정도로 터무니없이 짧은 편인데, 우리 아파트 주변의 길고양이들도 수시로 바뀌지만, 그들의 주검은 눈에 잘 띄지 않는다. 비둘기의 수명도 집에서 기를 때는 10여 년 되지만 도심 속의 비둘기는 2년여밖에 되지 않는다. 많은 경우 성체가 되기 전, 새끼 새일 때 죽임을 당한다. 자동차와 고양이 같은 포식자, 바이러스나 기생충 같은 감염병, 아까 실외기의 사례처럼 사람들의 혐오와 기피로 도심 속 비둘기는 하루하루가 전쟁이다.

살아남는다는 건 얼마나 가혹하고도 거룩한 일인지, 강한 자가 살아남는 게 아니라 살아남은 자가 강한 것이란 말도 있지 않은가.

생각해 보면 생물의 모든 것은 '살아남기'에 초점이 맞춰져 있다. 소나무는 생육 환경이 나빠지면 평소보다 많은 솔방울을 맺어 종의 생존을 꾀한다. 2024년 미국에서는 두 세대의 주기 매미가 동시에 출현해서 화제가 된 적이 있다. 이런 동시 출현은 포식자에게 아무리 먹혀도 살아남는 매미가 있으므로 오히려 생존에 유리하다고 한다. 애물결나비는 날개 끝에 커다란 눈 모양의 무늬가 있다. 그래서 뱀눈나빗과인 모양인데, 어쨌든 이 눈이 새들을 놀라게 해서 잡아먹히는 걸 피한다. 작은 걸 크게 부풀리는 허장성세인 셈이다. 보호색, 식물의 쓰거나 신맛, 죽은 체하기, 뻐꾸기의 탁란 등도 모두 살아남기 위한 눈물겨운 몸짓이다.

그중에서 아기 때의 귀여운 모습은 정말 탁월한 생존전략이다. 꼬물거리는 손과 발, 발그레한 뺨, 오물거리는 입, 별처럼 반짝이는 눈, 우리가 갖는 천사의 이미지는 아기에게서 비롯된 게 아닐까. 고슴도치도 자기 새끼는 예쁘다고 했는데, 실제 고슴도치 새끼는 사랑스럽다. 심지어 개구리도 새끼 개구리는 앙증맞다. 아기 때는 대부분 생명체가 곱살스럽고 귀엽다. 어린 생명체가 이렇게 귀여운 모습인 것은 혼자서는 살아갈 힘이 없으므로 보호 본능을 자극해서 살아남기 위함이 아닌가.

사무실 옆에 살던 새끼 비둘기를 본 적은 없지만 막 둥지를 떠날 땐 참새처럼 귀여울 것이다. 길고양이 새끼도 귀여울 것이다. 하지만 자라면 결국 피식자와 포식자로 만난다. 피식자는 살아남기 위해 더 자주 알을 품고, 더 자주 하늘로 날려 보내고, 그리고 사실 더 자주 포식자와 만난다. 빌딩의 그늘이 넓어서 그 안간힘이 눈에 잘 안 띄는 게 다행인 것인지.

갈치

갈치는 서서 헤엄친다

학수고대 목을 늘이고

발끝 높이 세우고

물의 저편을 바라본다

바다에도 물의 길이 있어

길이 사라져가는 아득한 곳으로

온종일 헤쳐나간다

햇살이 온몸에 튕기듯

날 선 칼날의 반짝거림

그러니 갈치,

몸을 눕혀 헤엄치는 것은

칼을 품은 갈치가 아니다

구불거리며 뱀의 허울로

뭇 고기를 놀라게 하는 장어의 무리

갈치는 끝까지 똑바로 서서

은빛 비늘처럼 타오르는

길의 끝을 바라보며

햇살에 발바닥 찔려

피 흥건히 고여도

마침내 가고 싶은 것이다

기치창검의 숲을 지나며

—「갈치」전문

◇◇◇

생선도 제철이 있는 것 같다. 몇 해 전 여름철에 방어가 싸길래 이게 웬일이야, 하며 커다란 놈으로 사들였다가 맛이 없어서 난감했던 적이 있다. 겨울철과 여름철 방어의 맛은 속된 표현으로 차원이 다르다. 가을이 다가오니 '전어를 구우면 집 나간 며느리도 돌아온다.'라는 속담도 슬슬 나오기 시작한다. 나는 이 속담에 전어 대신 갈치를 넣으면 좋겠다. 전어는 잔뼈가 많아서 불편한데, 갈치는 생선 뼈를 바르기가 쉬워서 먹기 편하다. 지느러미 부분의 잔뼈를 제거한 뒤 살집에 젓가락을 넣으면 뼈와 살이 깔끔하게 분리되어 좋다. 가을이 되면 씨알이 굵어진 갈치가 잡히기 시작하고 찬 바람이 불면서 맛도 좋아진다.

갈치는 원래 심해어이고 난류성 어족이라 바다가 깊은 제주도에서 많이 잡혔다. 제주 갈치는 흑돼지와 더불어 유명한 특산물이다. 요새는 온난화로 바다 수온이 높아지면서 인천 앞바다에서도 갈치가 잡힌다고 한다.

고향 대전은 내륙이라 어릴 때 먹어 본 생선이 손에 꼽힌다. 고등어, 꽁치, 명태, 그리고 갈치. 두툼한 갈치는 구워도 맛있고 호박이나 무를 넣고 졸이거나 찌개를 해도 맛있다. 살을 발라내 밀가루와 달걀을 입혀 구워낸 갈치전도 입맛을 돋우었다. 갈치는 고소하고 담백하면서도 씹을수록 은은하게 배어 나오는 감칠맛이 좋다. 입안에서 녹아내리는 부드러운 살도 일품이다.

그런데 결혼하고 경상도에 와서 색다른 갈치 맛을 알게 되었다. 김장김치에 넣은 갈치의 맛이다. 우리 고향에선 김장에 주로 새우젓을 넣는 편인데 여기에선 생갈치를 숭덩숭덩 썰어 넣었다. 비리고 느끼하지 않을까 걱정했는데, 웬걸 익은 뒤 맛을 보니 오히려 김치의 매콤함 속에 갈치 본연의 고소하고 달큰한 감칠맛이 살아나며, 젓갈과는 또 다른 깊이 있는 시원함을 선사하는 것 아닌가. 요리 방식에 따라 재료의 맛이 확실히 달라지는 것 같다.

갈치는 원래 '칼치'라고 불렸다. 길고 납작해서 칼처럼 생겼다고 붙여진 이름이다. 한자로는 도어(刀魚), 일본어로는 다치우오(太刀魚), 영어로는 커틀러스피시(Cutlassfish)라고 하는데, Cutlass는 옛날 선원이나 해적들이 사용하던 칼이라고 하니 모두 칼을 닮은 생선이라는 뜻이다. 그만큼 긴 갈치는 긴 칼을 닮았다. 은백색으로 반짝이는 갈치를 보면 햇빛에 반짝거리는 칼날이 생각난다.

갈치 몸의 은빛 펄(pearl)은 핵산 염기의 하나인 구아닌이라는데, 립스틱이나 매니큐어 등에 쓰였다고 한다. 한때 립스틱의 재료가 지렁이 가루라는 소문이 돌았었는데, 지렁이보다는 갈치의 은분이 더 나은 것 같다. 물론 지금은 더 색감이 아름다운 합성 펄이 만들어지고 있다고는 하지만.

무엇보다 깜짝 놀랄 일은 갈치가 헤엄치는 방식이다. 나는 갈치가 당연히 길게 누워 헤엄치는 줄 알았다. 장어처럼 꾸물거리며. 어릴 때 그림책에서도 그렇게 본 것 같다. 그런데 어느 날 텔레비전에서 보니 갈치가 서서 헤엄치는 것 아닌가! 서서 지느러미를 흔들며, 아니 떨며 고요히 움직여 갔다. 갈치가 서 있는 모습은 정말 긴 칼이 세워진 것 같고, 그렇게 헤엄치는 갈치 떼는 무사들이 들고 있는 창검이 햇빛에 반짝이는 것 같았다. 영화 <반지의 제왕>에서, 곤도르를 구하기 위해 출정하는 로한 기마대가 떠올랐다. 그 영화의 가장 멋진 장면, 펠렌노르 평원에서 전투가 있기 전 기마대가 들고 있는 긴 창에 세오덴 왕이 자신의 검을 부딪치며 격려하던 모습도.

　지난겨울 광장에 있을 때, 우리 주위엔 무수한 깃발들이 있었다. 창검이 아닌 기치. 긴 깃대 끝에 펄럭이는 깃발을 보니 서서 헤엄치는 갈치가 생각났다. 사실 갈치는 'Largehead hairtail'이라고도 불린다. 머리칼처럼 긴 꼬리를 가진 큰 머리 고기. 머리칼만 보면 제법 낭만적인 이름이다. 추위를 이기며 들고 있던 저 깃발이 갈치의 큰 머리이고 긴 깃대는 갈치의 몸인 셈이다. 그리고 이젠 촛불과 함께 등장한 응원봉에서도 어둠과 불의를 서슬푸르게 베어내는 번쩍이는 칼날을 느낀다. 갈치. 칼치. 발끝을 들고 더 먼 곳을 보려는 곧은 자세. 마치 눈에 보이지 않는 희망의 빛을 향해 흔들림 없이 나아가는 우리의 모습처럼 말이다.

담쟁이의 발

스크럼 짜고 담장을 오르는

와와 푸르게 함성 지르며

기어이 담장을 넘는

간밤 비바람에도 아랑곳없이

더욱 윤기 흐르는 담쟁이들 사이에서

담장을 놓치고

스크럼을 놓치고

뒤집힌 담쟁이를 보았다

치마처럼 펼쳐진 그늘 아래

담쟁이의 발바닥이 보인다

퉁퉁 부어 있다

가만히 만져주고 싶은

저 글썽거리는 멍의 빛

―「담쟁이의 발」 전문

◇◇◇

　　대구 동산동에 가면 청라언덕이라는 유명한 언덕이 있다. 20세기 초, 미국인 선교사들이 이곳에 거주하기 시작하면서 주택 벽면에 푸른 담쟁이덩굴을 많이 심었는데, 이 담쟁이들이 자라면서 언덕 전체가 푸른 담쟁이로 물들었고, 자연스럽게 푸를 청(靑), 담쟁이 라(蘿), 청라언덕이라는 이름이 붙게 되었다고 한다. 몇 해 전 여름에 가보니 붉은 벽면을 타고 오르는 푸른 담쟁이 잎들이 정말 아름다웠다. 건물이 주로 박공지붕이라 벽의 모습이 교회당처럼 위가 뾰족하여서 바람이 불 때 노래 부르듯 가볍게 까불거리는 잎들을 생각하며 '라' 자를 이용해 「담쟁이 라」란 시를 쓴 적이 있다.

라
라라라
라라라라라
라라라라라라라
라라라라라라라
라라라라라라라

청라언덕은 "봄의 교향악이 울려 퍼지는 청라언덕 위에 백합 필 적에"로 시작하는 <동무 생각>이란 가곡의 배경으로도 유명하다. 박태준이 작곡하고 이은상이 노랫말을 쓴 이 노래는 박태준이 청라언덕에 있는 계성고등학교에 다닐 때 짝사랑하던 여학생을 생각하며 지었다고 한다. 아직 학생이라 그런가 사모하는 여학생을 '동무'라고 표현한 것이 풋풋하다.

정말, 담쟁이 하면 벽을 덮은 잎이 먼저 생각나고, 함께 손을 잡고 올라가는 잎의 모습 때문인지 담쟁이의 꽃말은 '우정'이다. 서로 어울렁더울렁 얼크러져 의지하며 살아가는 모습에 어울리는 꽃말이다. 오 헨리의 「마지막 잎새」에서 죽어가는 존시를 위해 늙은 화가 베어맨이 그려준 것도 담쟁이 잎이다. 역시 베어맨이 존시에게 준 우정의 선물인 셈이다. 도종환 시인의 시에서처럼 담쟁이는 "한 뼘이라도 꼭 여럿이 함께 손을 잡고 올라간다". 담쟁이는 서로 의지하며 어려움을 이겨내는 연대와 결속을 보여준다.

그런데 담쟁이의 발은? 담쟁이의 발에 대해 생각해 본 적이 없는데, 태풍이 지나간 어느 날 담쟁이 발을 보게 되었다. 벽을 기어오르다 벽을 놓치고 뒤집힌 담쟁이 푸른 잎 사이로 줄기와 뿌리가 보였는데, 그 뿌리가 두껍게 얼기설기 얽혀있어 꼭 발처럼 보였다. 맞다, 저건 담쟁이의 손이 아니라 발이다. 식솔을 먹여 살리기 위해 하도 돌아다녀 퉁퉁 부은 발. 손을 놓치고 뒤집혔을 때, 생의 기반이 통째로 흔들렸을 때 비로소 보이게 되는 부르튼 발. 가장 낮은 곳에서 온몸의 무게를 견디는 발.

<차마고도>란 다큐멘터리를 좋아해서 세 번인가 본 적이 있다. 말이나 야크 위에 소금과 차, 곡식 등을 싣고 험준

한 히말라야산맥을 넘는 말몰이꾼들의 모습은 감동적이다. 몇 달을 오로지 두 발로 뚜벅뚜벅 걷다 보면 그 발은 어찌 될까. 헤지고 피 나고 굳은살이 박이다 못해 곰 발바닥처럼 두꺼워질 것이다. 마치 담쟁이의 발처럼. 그 발로 마지막 고개를 넘는다.

저 담쟁이 발 같은 발을 기억한다. 엄마가 날마다 다닌 곳은 2km가 훨씬 넘는 문창시장이다. 그 길을 비가 오나 눈이 오나 걸어서 오갔다. 눈이 내리면 신에 새끼줄로 발감개를 치고 다녔다. 눈 쌓인 새벽, 사립문을 지나 아득한 어둠에 닿아 있던 발자국.

나이가 들면 친정엄마에게 애틋해지게 마련이라, 어느 여름 대전에 간 김에 대충 그 길을 걸어보았다. 이내 땀이 나서 눈이 씀벅거리고 발은 홧홧해졌다. 집에 도착했을 땐 녹초가 되어 거실에 두 활개를 치고 누워버렸다. 일을 많이 한 손을 갈퀴 같은 손이라 하지만, 하도 걸어 다녀 굳은살이 박인 발은 무엇이라고 하나. 거칠고, 투박하고, 세월이 할퀴어서 쩍쩍 금이 간 발. 길을 걷다가도 벽을 타고 오르는 담쟁이를 보면 문득 그리워지는 발.

선천적 결핍

잇몸에 돋아난 이의 개수로

우두머리를 뽑던 시대가 있었다

임금은 잇금이니 이빨이 많은 사람이다[*]

한 번 문 사냥감은 절대 놓치지 않는

먹잇감을 찢어 낭자하게 펼쳐놓는

포식자의 냄새가 난다

검치, 상아, 엄니

뿔처럼 단단하고 당당한 이빨들이 줄줄이

햇살 아래 희게 빛난다

* 『삼국유사』에 따르면, 노례왕이 처음에 그 매부 탈해에게 왕위를 사양하니 탈해는 "대 개 덕이 있는 이는 이가 많으니 마땅히 잇금으로 시험해 봅시다." 하고 떡을 물어 시험 한즉 노례왕의 이가 많았으므로 먼저 왕위에 오르니, 이로부터 왕을 잇금, 즉 이사금이 라고 불렀다고 한다. 이사금에서 임금이란 말이 나왔다.

어금니가 하나씩 부족한 잇몸은
그러므로 빈 화분처럼 문득 허전하다
나무를 심으려고 파헤치다가
무심코 남겨 둔 구덩이 같다
몸의 선천적 결핍이다
구덩이, 웅덩이, 구멍
티끌과 흙탕물 고이는 허방이라
쉬이 상하여 욱씬거린다

헐거워진 잇몸에 엑스레이를 찍었을 때
치열의 마지막에 돋아난 어금니는
저 혼자 남아 삭아가는 부목처럼
안쪽으로 어지간히 기울었다
망명한 임금의 자리를 지키는 신하나
아이들 돌아간 공터를 비추는 달처럼
묵묵하고 쓸쓸해서

사랑니조차 돋지 않는 불모지이지만
가끔 물을 주고 싶어지는 것이다

—「선천적 결핍」 전문

겉으로는 무서워 보이지만 실제로는 위협적인 능력이나 힘을 잃어버린 대상을 비유할 때 '이빨 빠진 호랑이'란 관용구를 사용한다. 뾰족한 발톱과 날카롭고 튼튼한 이빨은 맹수의 상징이다. 동물들은 상대를 겁주기 위해 이빨을 최대한 드러내고 으르렁거린다. 날카로운 이빨은 먹이사슬의 상층에 있는 포식자의 것이다. 그래서 고대 군장이나 제사장들은 동물의 이빨을 주렁주렁 매달아 자신들의 용맹과 위엄을 간접적으로 드러내기도 했다.

이가 나타내는 상징성은 임금이란 낱말에서 여과 없이 드러난다. 신라의 남해왕은 아들 유리(노례) 대신 사위인 탈해에게 왕위를 물려주려고 하나, 탈해는 이의 개수로 정하자 하여 떡을 베어 물고 거기에 찍힌 잇자국, 즉 잇금이 많은 유리에게 왕위를 양보한다. 이로써 신라의 왕호가 거서간, 차차웅을 거쳐 잇금, 곧 이사금으로 변하게 되었다고 한다. 이사금에서 임금이란 말이 나왔다. 이(齒)는 이처럼 권위와 힘, 위엄, 나아가 지혜를 뜻한다.

그러한 이의 수가 나는 모자란 편이다. 성인의 이의 개수는 평균 28개라고 한다. 물론 사랑니를 뺀 숫자다. 나는

26개밖에 안 된다. 사랑니는 난 적이 없으니, 그것마저 쳐서 계산한다면 평균에 한참 못 미친다. 선천적 결핍!

처음엔 이가 적으니 충치 걸릴 일도 줄어서 더 낫다 싶었는데, 나이가 들어 이가 약해지니 제 개수만큼 있는 게 좋겠다는 생각이 든다. 더구나 부실한 잇몸을 엑스레이로 찍어보니 이 하나가 나무를 받치는 부목처럼 비스듬히 기울어 있다. 제 몸을 기울여 다른 이를 받쳐주는 형국이다. 넓은 공간에 성기게 자리 잡다 보니, 서로 기대어 나름대로 오래 버티려는 안간힘 같다.

얼마 전 죽어있는 사마귀 위에 바글거리는 개미 떼를 관찰한 적이 있다. 그런데 움푹 팬 곳을 건너갈 때 몇몇 개미들이 등을 내주는 것 아닌가. 개미들이 몸을 엮어 아주 작은 다리를 만들자 큼직하게 먹이를 베어 문 다른 개미들이 그 위를 건너갔다. 그 모습을 보니 갑자기 엑스레이에 찍힌, 부목처럼 다른 이를 받쳐주던 이가 생각났다. 비록 내 몸의 일이지만 이 기울어짐은, 곤한 몸을 기대게 묵묵하게 어깨를 내주는 행위로 읽힌다. 쓸쓸하고 따뜻한 피식자들의 연대.

희망

희망이 있다면 저런 모양이겠다
작고 검고 단단한 것
눈물처럼 둥근 것

스발바르제도 스피츠베르겐 섬엔
지구 최후의 날에 대비한
종자 보관소가 있다는데
납으로 된 서랍 칸칸마다
희망 하나씩 잠들어 있다는데
노아의 방주에서 아득히 흘러온 지금
우리의 희망은 식물성이다
태초의 생명체가 바다를 떠나 자리 잡은
데본기와 석탄기 원시의 숲
켜켜이 내려 쌓인 부엽토다

고요히 대지의 틈으로 파고들어

땅속 깊은 곳에서 손을 잡는 저 뿌리들

희망이 있다면

오후의 산책길에서 만나

바지 끝을 꼬옥 잡는

도꼬마리 푸른 손이다

—「희망」 전문

◇◇◇

만약 희망을 그림으로 표현한다면 어떤 모습일까? 그러니까 보이지도, 들리지도 않는 추상적 개념인 희망을 눈에 보이도록 구체화한다면.

픽사 애니메이션 가운데 수작으로 꼽히는 <월-E>는 지구가 오염되어 사람들이 우주선을 타고 떠난 뒤 오염된 지구를 청소하는 로봇에 관한 이야기다. 월-E는 지구의 오염 상태를 측정하기 위해 보내진 이브란 로봇을 만나 사랑에 빠지는데, 그 이브의 몸에 있는 씨앗이 싹 트자, 우주선을 타고 떠돌던 사람들은 지구로 귀환하리라는 희망에 환호한다. 가장 작고 보잘것없어 보이는 씨앗 하나가 황폐해진 지구에 새로운 생명의 싹을 틔우며 인류 전체가 귀환할 수 있는 밑거름이 된다. 이처럼 희망은 종종 한 알의 작은 씨앗으로부터 시작된다.

장 지오노의 『나무를 심는 사람』도 노인이 심은 나무가 숲을 이루고, 마침내 버려진 마을을 살리는 이야기다. 이 소설은 애니메이션으로도 만들어졌는데, 거기에서 노인이 땅에 심을 도토리를 고르는 장면이 인상적이다. 노인은 주름진 손으로 벌레가 파먹고, 산짐승이 뜯어 먹을 걸 고려해서 넉넉한 양의 도토리를 앞에 두고 하나하나 신중히 고른다. 작고 단단하고 둥근 도토리 씨앗은 척박한 땅에 물을 머금게 하고, 피폐해진 사람들 마음에 사랑이 자라게 한다.

이 작은 씨앗들은 단순한 식물이 아니라, 모든 절망을 뒤덮을 생명력과 무한한 가능성을 품은 희망 그 자체이다. 희망은 거대한 구호나 위대한 발명에서 찾아지는 것이 아니라, 때로는 가장 작은 것에서부터 조용히 움트기 시작한다. 콘크리트 틈을 뚫고 나오는 어린싹, 엄마의 날갯짓을 흉내 내는 작은 새, 거대한 얼음덩어리를 녹이기 시작하는 한 방울의 물. 모두 희망의 아이콘이지만, 결국 모든 것은 작은 씨앗 하나로 수렴한다. 인류의 위기 상황을 대비해서 만든 노르웨이 스발바르제도의 종자 보관소에 수많은 씨앗이 미래의 희망을 품고 조용히 잠들어 있듯이 말이다.

씨앗을 말할 때 빼놓기 어려운 것은 최계락 시인의 동시 「꽃씨」이다. "꽃씨 속에는 파아란 잎이 하늘거린다/ 꽃씨 속에는 빠알가니 꽃도 피어 있고/ 꽃씨 속에는 노오란 나비 떼도 숨어 있다." 아마 시인이 꽃씨 속에서 본 것은 희망이 아니었을까. 희망은 어떤 일에 대한 기대와 바람이니까. 미래를 생각하는 두근거림이니까. 꽃씨 속에서 꽃과 나비를 보는 일, 그것이 희망이다.

희망은 이 어둡고, 더럽고, 낡고, 취약하고, 불의가 판치고, 추악하고, 비인간적이고, 생각할 여유조차 없이 바쁜 세상에서 우리를 견디고, 살아가게 하는 힘이다. 그래서 우리는, 그럼에도 우리는, 그러니까 우리는 좀 더 밝고, 좀 더 깨끗하고, 좀 더 새롭고, 좀 더 건강하고, 좀 더 정의롭고, 좀 더 아름답고, 좀 더 사람답고, 좀 더 여유로운, 총체적으로 좀 더 나은 미래를 꿈꾼다.

툰드라 동토에서 3만 년 동안 잠들어 있던 구름패랭이 꽃이 싹을 틔우고 열매까지 맺었다는 소식은 우리가 희망을 포기할 수 없는 이유를 명확히 보여준다. 앤디의 말이 맞다. <쇼생크 탈출>에서 희망은 부질없다고 하는 레드에게, 끝내 자유를 쟁취한 앤디는 편지를 통해 이렇게 말한다.

"희망은 좋은 거예요. 어쩌면 가장 좋은 것일지도 몰라요. 좋은 것은 절대 사라지지 않지요."

해바라기

우리는 해바라기밭에 가보았다

해바라기는 말 잘 듣는 아이답게 고개 숙여 인사했다

식당 앞의 공기인형처럼 어서 오세요, 안녕히 가세요

여름이 한 위대한 일은 해바라기 잇몸에 고르게 황금
니가 돋아나게 한 것

그것으로 충분했다

우리는 해바라기씨를 하나씩 까먹으며 먼 곳의 계절
에 대해 이야기했다

가령 하루 종일 비가 오는 바닷가에서 우두커니 앉아
해를 기다리는 일

우리 머리는 고개 숙인 해바라기처럼 무거워졌다

그것으로 충분했다

해바라기 머리를 액자에 넣어 현관에 걸면

집안이 황금 사원으로 변한대

이건 돈을 부르는 인테리어야

고흐의 그림은 냉장고처럼 팔리지

백 개의 그림이 팔려도 백 개가 더 준비되어 있어

현관에 설치된 황금빛 금고처럼

가장 가난했던 화가의 그림이 부를 상징하게 되다니

사실 그건 고흐의 무의식의 표현 아닐까

손끝을 지나, 팔꿈치를 지나, 온몸에 황금 물이 드는

아찔함, 그것으로 충분하지 않았다

해바라기밭에 가보았다

너무 농익어 실려 가지 못한 아이들의 머리통이 나뒹굴었다

—「해바라기」 전문

◇◇◇

문화 센터를 다니며 오랫동안 그림을 배운 지인은 이제

제법 실력이 늘어서인지 종종 그림을 주문하는 사람이 있단다. 그런데 주로 그려달라는 그림이 해바라기라고 한다. 그때 대개 붙이는 말이 있는데, 고흐의 해바라기처럼 황금빛으로 그려달라는 것.

노란색이 황금을 상징하기 때문에 황금빛 해바라기, 그것도 우리나라 사람이 가장 좋아하는 화가인 고흐의 해바라기 그림은 장식용으로 단연 인기이다.

해바라기 그림은 아를에 있던 고흐가 고갱이 온다는 소식을 듣고 고갱과 함께 지낼 방을 장식하기 위해 그렸다. 고흐는 화가 공동체를 강렬히 원했으니 이 그림에는 고갱과 함께할 새로운 생활에 대한 기대와 희망, 염원이 가득 담겨 있다. 재물복과 관련해선 안성맞춤인 셈이다.

고갱은 고흐의 해바라기 그림을 아주 마음에 들어 했고 해바라기를 그리는 고흐의 초상화를 남기기도 했다. 하지만 그 그림에서 해바라기는 시들었고, 고흐의 눈도 눈동자가 잘 표현되지 않아 흐리멍덩해 보인다. 민트색, 노란색, 파란색을 배경으로 강렬하게 표현된, 상대에 대한 애정이 듬뿍 느껴지는 고흐의 그림에 비해 시들고 흐릿한 해바라기가 그려진 고갱의 그림은 맥이 빠진 듯 아무 감정도 느껴지지 않는다. 고갱이 고흐를 질투했다는 뒷이야기도 있다. 이런 사연에도 불구하고, 아니 그래서 더더욱 고흐의 그림은 인기이다.

하지만 평생을 가난하게 살았던 고흐의 그림이 부를 상징하게 된다니 무언가 아이러니하다. 재물복을 바라며 해바라기 그림을 걸어놓는다는 소식을 고흐가 들으면 어떤 생각을 할까. 왜 해바라기가 재물복의 상징이 되었는지 어리둥절하지 않을까. 더구나 고흐는 싱싱한 해바라기만 그린 것은 아니다. 시든 해바라기, 꽃이 지고 씨만 남은 해바라기, 목이 잘린 채 바닥에 놓인 해바라기들도 그렸다.

이런 그림은 꽃이 주는 풍성하고 화려한 느낌이 아니라, 우울하고 가라앉는 느낌을 준다. 화려함 뒤에 숨겨진 쓸쓸함, 존재의 유한함, 하지만 무엇보다 삶의 이면을 들여다보는 듯한, 절정의 순간이 아니라 절망의 순간에도 그것을 똑바로 바라보아야 한다는 정언명령을 듣는 느낌. 시든 해바라기를, 꽃잎이 지고 씨만 남은 해바라기를, 목이 잘린 해바라기를 그릴 때도 고흐는 화려한 노란 잎을 그릴 때처럼 '응시'했을 테니까. 마치 해바라기들이 태양을 응시하듯이.

어쩌면 행운이란 그런 몰두할 수 있는 일이 있는 게 아닐까. 고흐가 그림을 그릴 때처럼 전력투구할 무엇, 온 힘을 기울여서 해야 할 일이 있다는, 그게 바로 행운이 아닐까.

세상의 잣대로는 가난할지라도 고흐가 해바라기를 응시하며 그림을 그릴 때, 그 황홀한 몰입의 순간이 선사하는 충만한 기쁨이야말로 돈으로 살 수 없는 찬란한 유산일 테니 말이다. 그런 의미라면 해바라기가 재물복은 모르겠지만 행운을 상징하는 건 맞는 것 같다.

2부

시원섭섭, 시원섭섭

더빙이

공터에 간신히 자리 잡은 나팔꽃

엉금엉금 기어 녹슨 페인트 통 붙잡고

아무렇게나 부려놓은 목재 더미를 붙잡고

몸 일으켰다 비쭉 솟아오른 플라스틱 파이프 감고

기어오르다 멈추었다 가을이다

자주색 꽃잎 시들고 씨가 맺혔다

반달 모양의 까만 씨앗 대체 어디로 떨굴까

기웃거린다 저 나팔꽃

줄기와 잎새 시들어가는데 꽃씨 한 톨

변변히 떨굴 땅이 없다

어디쯤에서 손을 놓아야 그나마 흙에 가 닿을지

기웃거린다 아득하게

어린 날 저처럼 기웃거리던 사람 있다

산발한 머리에 나팔꽃잎처럼 부풀어 오른

자주색 손과 발

눈 푸짐하게 내린 날 우리 집 부엌에서 자고 갔다

부엌에 퍼질러놓은 똥 무더기로 안다

어질러진 시린 밥 알갱이로

하얀 눈을 밟고 간 자주색 부푼 발의 흔적으로

그다음 날엔 이웃 이웃집에서 자고 갔다

겨우내 이 저녁 어디서 묵을까 기웃거리던

그 여자 아득한 눈동자 같은 씨앗 매달고

각목의 날 선 공터에서 나팔꽃

기웃거린다 몸 누일 회귀의 땅을 찾아

—「기웃거린다」 전문

◇◇◇

예전엔 살짝 정신이 이상하거나 약간 부족하거나 집도 절도 없이 떠돌다가 가끔 나타나는 사람이 동네에 한두 명씩 있었다. 우리 마을에도 대순네, 지랄이, 더빙이란 사람들이 있었다.

대순네는 뒷산 기슭 오두막에 사는 아주머니이다. 그 남편은 육이오 때 인민군 포로인데, 결혼해서 우리 동네에 자리 잡았다. 대순네는 평소엔 더할 나위 없이 착하고 일 잘하는 사람이지만 비가 올라치면 고샅에 나가 소리를 지르며 온갖 욕을 해댔다. 뭐가 그리 억울하고 서러운 게 많은지 일일이 꼽아가며 외쳐댔다. 그래서 날이 흐리면 사람들은 아이고, 또 대순 엄마 날궂이하겠구나, 하며 지레 걱정하곤 했다.

그렇게 고래고래 소리를 지르다가도 인사를 하면 꼭 받아주었다. 그것도 환히 웃으면서. 잉, 공부 잘하지? 그려, 잘 지내지? 이처럼 순한 말을 하다가도 곧바로 악을 쓰며 욕하는 기이함. 그런 대순네 옆을 지나가면서 꼬박꼬박 인사를 하던 우리도 어지간히 고지식했구나 싶지만. 인민군 포로의 아내로서 찢어지게 가난하게 살면서 세상에 맺힌 게 많아서 그런 걸까. 비가 오면 공기 밀도와 습도가 높아져서 소리가 더 잘 들린다는데, 대순네의 고함은 어디까지 닿았을까.

지금도 날이 궂으면 대순네가 생각난다. 그 한 맺힌 고함은 '여기까지' '여태까지' 닿고 있다.

지랄이란 총각도 있었다. 지랄이에 대해서는 「무서운 이야기」란 수필에서 한번 소개한 적이 있다. 냇둑 옆에 살던 총각인데 간질 때문에 종종 발작을 일으켰다. 간질을 지랄병이라고도 하니 어른들은 총각의 병을 알았겠지만, 아이들은 그 사실을 모르고 무서워했다는 내용이다. 어쨌든 시커먼 떠꺼머리총각이 거품을 물고 갑자기 팔다리를 뒤트는 모습은 정말 무서워서 두고두고 기억난다.

그리고 더빙이. 더빙이는 중년의 여자 거지이다. 해진 옷에 해진 신발 혹은 맨발, 때 묻은 얼굴, 산발한 머리가 더빙이의 모습이다. 머리칼이 수세미처럼 엉클어지고 삐죽거리는 더벅머리라서 더빙이라 불린 것 같다. 짚 더미에서 잠을 자서 그런지 옷이며 머리엔 대개 지푸라기가 붙어 있었다. 아이고, 까막까치가 집을 지어도 될겨. 동네 어른들은 더빙이를 보면 끌끌거렸다.

더빙이는 바가지를 하나 들고 다녔다. 사립문을 열고 바가지를 들고 공손히 서 있으면 엄마는 거기에다 밥과 반찬을 덜어 주었다. 그러면 바가지를 들고 담장에 기대 손으로 허겁지겁 집어 먹곤 했다. 숟가락도 마다하고, 아무리 마루에 올라오라고 해도 꿈적도 안 하고 눈만 껌벅였다.

더빙이는 늘 오는 거지가 아니다. 마을에서 한 차례씩 얻어먹은 다음엔 어디론가 사라졌다가 계절이 바뀔 때쯤 나타나곤 했다. 나름대로 여러 마을을 정해두고 순례하는 것 같았다. 그래서 더빙이가 올 때쯤 됐는데도 오지 않으면 사람들이 모두 궁금해했다. 어디 아프진 않은지, 굶어 죽진 않았는지. 특히 겨울이 지나고도 나타나지 않으면 얼어 죽은 건 아닌지 더 유난히 걱정했다. 하지만 얼마쯤 지나면 더빙이는 어김없이 나타나 바가지를 들이밀었다.

어느 해 추운 겨울에도 더빙이가 오지 않았다. 우리는 이 추위에 더빙이가 어떻게 지낼까, 한 마디씩 보태며 걱정했다. 그런데 어느 새벽, 엄마가 부엌에 갔다가 별일이지, 별일이지 하며 들어왔다. 부엌 바닥에 누군가 푸짐하게 똥을 누고 갔다는 것이다. 밥을 훔쳐 먹은 흔적도 있었다. 부엌으로 난 쪽문을 열고 바닥을 확인한 우리가 이구동성으로 더빙이 짓이라고 하자 엄마는 오히려 살아있었구나, 하며 안도했다. 과연 더빙이는 미안했는지 우리 집은 빼고 다른 집에서 빌어먹고 마을을 떠났다.

그리고 어느 해부터는 영영 오지 않았다.

어느 날 공터를 지나다 폐자재를 붙들고 간신히 자라고 있는 나팔꽃을 보았다. 꽃철이 지나서 시든 꽃 아랫부분엔 몇 개 씨앗이 맺혔다. 오랫동안 비워 둔 공터는 여기저기 쓰레기 더미가 쌓여 있고, 나팔꽃 주변도 폐드럼통이며 못이 삐져나온 각목이며 플라스틱 파이프 등으로 어수선했다. 아, 씨앗을 떨군다면 저 씨앗은 어떻게 자랄까. 땅에 닿기도 어려울 것 같고, 땅에 떨어진다고 해도 폐자재의 척박한 그늘에서 제대로 자랄까, 걱정하다 갑자기 더빙이가 생각났다. 나팔꽃이 어디에 씨앗을 떨구어야 그나마 잘 자랄까 기웃거리는 것처럼, 이 밤에 어디에서 잘까, 기웃거리던 그 부평의 삶을 떠올렸다. 삶의 중심에 서지 못하고 늘 주변에서 기웃거리던, 그러나 순하디순한 눈동자를. 흙빛과 다름없던 매무새를. 한없이 걷고 걸어서 부풀어 오른 맨발을.

슈퍼문이 뜨는 밤이면

　달의 바퀴를 굴리며 하늘을 가로질러 오래된 가게의 빗장을 연다 거기 낡은 선반엔 둥근 오색 사탕이 달의 먼지를 뒤집어쓰고 있다 차갑고 화안한 달의 맛을 우물거리며 박기정과 이상무와 함께 분화구 같은 만화방 삐걱거리는 비닐 소파에 앉아 한세월 보냈다 어둑신한 달의 품에서 달의 그늘에서 미미와 훈이와 탁이와 함께 달의 계곡에서 푸르게 헤엄치며

　구멍가게에 옥계슈퍼란 간판이 걸리고 슈퍼문이 떠 있던 날 슈퍼 문을 열던 날 달처럼 둥근 화환 위에 어린 시절의 꽃목걸이를 내려놓았다 달의 분화구 안으로 라면과 하이타이와 소주병들이 구호품처럼 들어오고 시멘트벽들은 막대사탕처럼 자라고 라면상자처럼 쌓이고 엘리베이터 문으로 왈칵왈칵 쏟아져 나온 사람들은 식은 밥알처럼

흩어지고

달의 바퀴를 굴리다 하늘 어디쯤에서 길을 잃었는지
슈퍼문이 뜨는 밤이면
사방으로 뻗어가는 삼거리의 슈퍼 문 앞에서
오지 않는 미미를 기다리며 나는

—「슈퍼문이 뜨는 밤이면」 전문

◇◇◇

이 글을 상점, 그러니까 점방의 추억이라고 해야 할까, 만홧가게의 추억이라고 할까. 우리 동네 기준에서는 그게 그거였지만. 어릴 적 동네에는 우리 집에서 두 정거장 거리쯤, 재마루라고 하는 곳에 점방이 하나 있었다. 쪽마루와 방한 칸에 잡화를 두고 파는 곳이다. 그러니까 눈깔사탕, 풍선껌, 딱지, 구슬 같은 것들.

그 점방에서 언제부터 만화를 빌려주기 시작했는지는 기억이 잘 나지 않는데 어쨌든 나중엔 잡화를 팔고 만화도 빌려주기 시작한 만홧가게가 되었다. 내 기억으론 초등학교 일 학년 때 처음으로 만화를 보았다. 제목은 기억나지 않지만, 해적들의 모험에 관한 내용이었다. 그 만화책을 표지가 떨어지고 너덜너덜해질 때까지 보았는데, 물론 읽을거리가 없기도 했겠지만, 그 뒤로 고등학교 때까지 만홧가게 순례가 이어진 걸 보면 만화라는 것이 나한테 딱 맞는 장르여서 그랬던 게 아닐까.

처음 만난 만화가 모험 활극이어서인지 에르제의 『땡땡의 모험』이나 휴고 프라트의 『코르토 말테제』, 애니메이션으론 미야자키 하야오의 <붉은 돼지>를 좋아한다.

이 흥미진진한 만화를 마음껏 볼 수 있는 만홧가게가 생겼으니 어찌 이용하지 않을 수 있겠는가. 더구나 한 권을 빌리면 입시 준비로 늦게 돌아오는 큰오빠를 빼고 네 명이 돌아가며 보거나 친구들과 바꿔 볼 수도 있다. 우리 형제는 당시 《소년한국일보》에 연재되던 길창덕의 『재동이』란 만화를 보고 강아지 이름을 '재동이'라고 지을 정도로 모두 만화를 좋아했다. 언니 오빠는 주로 나보고 만화를 빌려오라고 시켜서 나는 그 뒤 풀 방구리에 쥐 드나들 듯 만홧가게를 드나들게 되었다.

엄희자나 조원기, 민애니, 이재학, 김종래, 박기정, 박기준, 임창, 김영하, 산호, 김민기 등 여러 작가의 만화를 빌려봤는데, 그중 주인공이 뚜렷이 기억나는 게 박기정의 만화다. 훈이와 미미, 수경이라는 아이가 삼각관계를 이루며 순정, 액션, 스포츠 등 다양한 장르를 넘나들며 등장했다. 그 뒤 이상무의 『독고탁』 시리즈, 고우영의 『일지매』, 허영만의 『각시탈』도 재미있게 본 만화이다.

7, 80년대는 일본 만화도 큰 인기를 끌어 학교에서 친구들끼리 돌려보았다. 『캔디캔디』, 『베르사유의 장미』, 『오르페우스의 창』, 아직도 완결이 나지 않았다는 『유리 가면』, 그리고 황미나의 『불새의 늪』이나 김혜린의 『북해의 별』도 숨죽이며 보았다. 나중엔 조카들이 빌려온 『드래곤 볼』이나 『북두신권』도 재미있게 본 걸 보면 만화는 장르를 가리지 않고 좋아했던 것 같다.

만화책을 거의 마지막으로 본 건 90년대 중반이다. 당시 중학교에서 기간제 교사를 하고 있었는데, 학생들이 수업 시간에 보는 만화책을 거둬들였다가 살금살금 본 뒤 일주일 뒤에 돌려주었다. 원수연의 『풀 하우스』와 이은혜의 『블루』를 그때 보았다.

그리고 만화는 대본소 시대를 지나 웹툰이 인기를 끌기 시작했다. 시력이 좋지 않아 컴퓨터 화면으로 본다는 피로감이 지레 작용했는지 이상하게 웹툰은 잘 안 보게 되었고, 그러면서 차츰 만화와 멀어졌다. 가끔 도서관에서, 슈피겔만의 『쥐』나 안토니오 알타리바의 『어느 아나키스트의 고

백』, 크레이그 톰슨의 『담요』, 봉준호 감독이 영화로도 만든 장마르크 로셰트와 올리비에 보케의 『설국열차』 같은 그래픽노블을 빌려 보기도 하지만 그건 어린 시절 우리가 보아 왔던 가벼운 읽을거리로서의 만화는 아니다. 내가 알던 어린 시절의 만화는 만홧가게도 문을 닫고 그 인근에 슈퍼마켓이 생기면서부터 이미 사라진 게 아닐까.

우리 동네에도 버스 종점에 옥계슈퍼란 큰 가게가 생겼고, 이제 많은 것이 빠르게 변하기 시작했다. 슈퍼에선 종이인형이나 풍선이나 달고나나 주전자 막걸리 대신 하이타이와 라면과 소주를 팔았다. 트럭이 드나들며 온갖 물건을 상자째 부려놓으면 그 물건은 감쪽같이 넓은 가게 안에 차곡차곡 쌓였다. 그리고 점방이라 불리던 작은 구멍가게, 스펀지가 비어져 나온 소파에 붙어 앉아 시간 가는 줄 모르던 만홧가게는 슬그머니 사라졌다.

지나고 보니 그랬다. 언제 바뀌었는지 모르게 조금씩 조금씩 바뀌어 갔다. 즐겨 보던 만화가가 엄희자와 박기정을 지나 이상무와 김동화를 지나 황미나와 김혜린에 이르는 것처럼.

어느 가을 슈퍼문이 떴을 때, 갑자기 이런 것들이 생각났다. 슈퍼문이란 낱말에서 옥계슈퍼가 떠올랐고, 슈퍼 이

전의 구멍가게와 만홧가게가 파노라마처럼 펼쳐졌다. 아마 가을과 달이 주는 애상이 한몫한 것일 수도 있다. "누군가를 마음속에서 지울 수는 있어도 사랑은 지워지지 않는다."라는 <이터널 선샤인>의 대사처럼, 훈이와 미미와 두통이와 탁이 같은 만화 주인공을 나는 아직 사랑하고 있는지도 모른다.

경계

경계에 대해 생각한다

술에 취해 동구길 갈지자로 걸어오시던 아버지

걸음의 이쪽과 저쪽 사이

보리밭과 밀밭, 같이 푸르렀지만

하얗게 떠오르는 빛깔의 경계 선명하다

문 앞에서 누에처럼 누워 한잠 드신

이건 시간의 경계인가

추녀 끝을 지나는 달빛의 경계는 어디인가

마당에 스며드는 늙은 매화나무 그림자의 경계는

꽃잎을 떨게 하는 노래의 경계는

경계는 선이 아니라, 금이 아니라

서금서금 섞이는 것

사투리의 경계가 그러했다

기차가 추풍령을 헐떡이며 넘을 때

충청도와 경상도의 말들이 섞이며

왁자하게 맞대면하다 슬그머니 바뀌는 사이

빠알갛게 겨울을 견디던 창밖의 잎 진 나무들이

어느 정거장부터 연둣빛으로 몽롱해지는 때

아버지 사십구재 다녀오던 그해 봄

땅속을 흐르던 수액이 해동갑하여 물관을 넘는지

흙을 부풀리던 살얼음 녹아내리자

나무들은 서둘러 저마다 초록 휘장을 둘렀다

아, 저 차가운 강물 불현듯 건너서

먼 들의 아지랑이처럼 흔들리며 가신다

목울대를 비스듬히 넘어오던 울음이

곡(哭)과 루(淚)의 경계에서 출렁이던 때

—「경계」 전문

◇◇◇

경계. 이곳과 저곳이 나누어지는 지점. 경계를 사전에서 찾으면 1. 사물이 어떠한 기준에 의하여 나누어지는 한계 2.

어떤 지역과 다른 지역 사이에 일정한 기준으로 구별되는 한계, 라고 나와 있다. '기준'이라는 말이 눈에 띈다.

두 사람이 한 책상을 쓰던 초등학교 때, 짝이 정해지면 얼마 지나지 않아 책상 위에 금을 그어 놓고 서로 넘지 말라고 신경전을 벌이곤 했다. 그 금이 기준이겠다. 집의 안과 밖을 나누는 담이나 울타리, 지역을 나누는 하천이나 강, 나라와 나라 사이를 나누는 산맥이나 바다 같은 것. "국경의 긴 터널을 빠져나오자, 설국이었다." 가와바타 야스나리의 소설 『설국』의 첫 문장엔 긴 터널이란 경계가 등장한다.

하지만 이렇게 기준이 명확하고 눈에 띄는 경계만 있는 것은 아니다. 봄과 여름, 여름과 가을을 어떻게 나눌까? 9월이면 가을이 시작된다지만 아직 늦더위가 한창인데…. 아이와 어른의 경계는? 청소년기가 아이와 어른의 경계라면 경계에도 완충지대가 있는 셈이다. 서로 날고 들며 섞이다 자리를 내주는. 파도가 몰아치다 힘이 다할 때 그 기진한 몸을 다시 바다로 끌어들이며 자르륵 몽돌을 긁는 그 지대. 붉은 노을이 점점 연한 보라에서 진한 보랏빛으로 바뀌다 짙은 회색으로 사위어 가는 어스레한 시간. 빛과 어둠이 손을 바꾸는 그 시간을 개와 늑대의 시간이라고 한다. 등성이에 보이는 그림자가 개인지 늑대인지 알아보기 어려운 어스름의 시간, 적군인지 아군인지 구별이 어려운 모호한 상황, 경계는 그 어스름과 모호함과 불확실성을 아우르는 표현이다.

이십 대 때 여수에 간 적이 있는데, 거기서 경상도 사투리를 듣고 깜짝 놀랐었다. 여수는 전라도 지역이니 당연히 사투리도 그럴 줄 알았는데, 경상도 사투리를 쓰는 식당 주인이 여수 토박이였다. 승용차를 사기 전엔 기차를 타고 친정인 대전에 갔다. 통일호가 다니던 시절이다. 기차가 추풍령역에 다다르면 충청도와 경상도 사투리가 함께 들리기 시작한다. 그려유. 뭐 혀유? 와 와 그라노? 단디 해라! 같은 느리고 유장한 충청도 사투리와 힘 있고 시원시원한 경상도 사투리가 서로 섞인다. 그 사투리의 경계. 사투리에도 완충지대가 있다.

세상엔 여러 가지 경계가 있지만, 삶과 죽음의 경계만큼 먹먹한 것이 있으랴. 아버지는 얼음이 풀리기 시작하는 이월에 돌아가셨다. 사십구재 때는 먼 들판에 아지랑이가 흔들리는 봄이었다. 사십구재. 불교에서는 사람이 죽으면 곧바로 다음 생으로 태어나는 것이 아니라 49일 정도 중음(中陰)의 상태로 머문다고 한다. 고인이 좋은 곳으로 태어나길 바라면서 7일마다 재를 올리는데 사십구재는 그 마지막 재인 7재 날이다.

49일은 육신의 굴레를 벗어난 영혼이 이승의 마지막 미련과 작별하고 다음 생의 문턱에 서는 아득한 여정의 시작이고, 산 자들은 고인의 영혼이 평온히 삶과 죽음의 경계를 넘어서기를 기원하는 간절함 속에서, 비로소 고인의 부재를 오롯이 느끼게 되는 시간이다. 아득하게 이승의 언저리에 머물던 영혼이 저 너머의 세상으로 건너가면 남은 자들은 비로소 그 죽음의 경계를 현실로 받아들이고 스스로 일어서야 한다. 49일은 그런 위태로우면서도 성스러운 시간이다.

아지랑이처럼 흔들리며, 흔들리며 아버지는 가셨을 것이다. 임종 때의 눈물 한 방울처럼 막내딸이 눈에 밟혀 한 번쯤 뒤돌아보셨을 것이다. 그리고 마침내 경계가 없는 저 아득함, 저 무변의 명토(冥土)를 밟으실 것이다.

이젠 KTX도 그냥 지나치고, 추풍령에서 한 번 쉬던 울산 대전 간 고속버스도 코로나 팬데믹을 겪으면서 운행이 중단되었다. 사투리의 경계는 어디쯤에서 느껴볼까. 베란다 창밖의 구름이 살굿빛에서 보랏빛으로 물들어 가는 걸 보며 생각해 보는 경계.

명과

청미래덩굴, 혹은 명과라고 하는 붉은 가지가

거실 한쪽에 걸려 있다

과육을 어루만지는 가을 햇살은 가볍고 고적하다

그날 밤엔 아버지가 다녀가셨다

아버지의 나뭇짐이 다녀가셨다

봄철 진달래 다발처럼 환하게

늦가을 갈잎 가리에 꽂혀 성큼성큼 산을 내려와

마루 끝 기둥에 걸렸다, 명과

아버지의 유일한 호사는 붉은색이다

저 입안 가득 시큼한 과육은 그러나

혀가 아니라 눈으로 맛보는 거다

뚝뚝 떨어지는 붉은 눈물방울

쉬이 가슴 열지 않는 덩굴의 그늘을 달래고

가시에 찔려 손등 피 흘리며

온몸으로 더듬어 맛보는 거다

오죽하면 그 잎이 심장을 닮았겠는가

기둥에 걸려 서서히 물기 잃고 서걱거려도

그 빛 더욱 쟁쟁하니

진눈깨비 먹장구름 설레도

우리 집 마루는 아연 꽃밭이었다

삭풍을 견디고 마침내 아궁이에 던져져

하르르 한순간에 다비식을 치르는

사리 대신 홍옥의 잔영만 남기는

명과, 그 명징한 이름

그날 밤 내 몸에 가을의 병이 깊어

손톱 끝까지 펄펄 끓어오를 때

서늘하게 이마를 짚어주던

아버지, 명과나무 둥근 그늘로 다녀가셨다

—「명과」 전문

◇◇◇

아버지에 대한 기억도 이렇게 윤색이 되는 걸까. 돌아가
신 지 벌써 35년이 다 되었는데도 어느 장면은 엊그제인 듯

눈에 선할 때가 있다. 아버지는 셋째 딸이자 막내인 나를 좀 과하게 예뻐했는데, 이런 편애가 언니들에게는 상처가 되었는지 지금도 친정에 가면 아버지가 나를 얼마나 예뻐했는지에 관한 얘기가 화제에 오르곤 한다. 언니들에겐 그렇지 않았는데 나는 어린 시절 내내 업어주었다든지, 늘 생선 가시를 발라 밥 위에 얹어주었다든지, 고기를 좋아하는 나를 위해 장에 갈 때마다 하다못해 고등어 한 손이라도 사 오던 일을 새삼스레 꺼내곤 한다. 무엇보다 중고등학교 내내 종점으로 나를 마중 나오신 이야기를.

아버지를 생각하면 붉은색이 떠오른다. 평생 농사일에 얼굴빛이 검붉게 탄 탓도 있겠지만 그보다는 진달래와 명과에 얽힌 추억 때문이다. 아버지는 해마다 봄이 되어 진달래가 산을 붉게 물들이면 한 아름씩 꺾어 나뭇짐에 꽂아 오셨다. 가을이 깊어져 청미래덩굴, 우리 동네에선 명과라고 부르던 열매가 붉게 익으면 낫으로 걷어내어 역시 나뭇짐에 얹어 오시곤 했다.

붉은 진달래나 명과가 꽂힌 나뭇짐을 지고 사립을 지게 작대기로 열고 들어서던 모습이 손에 잡힐 것 같다. 그때 아버지가 지금 나보다 젊을 때였으니, 아마 아버지는 지금의 나만큼이나 세상에 대한 꿈과 고단함을 동시에 짊어지고 계셨으리라. 그래서 나무를 하면서 진달래와 명과도 함께 꺾었던 게 아닐까. 나뭇짐의 무게를 덜어주는 밝고 화사한 빛들.

진달래는 단지에 담겨 안방 탁자에 놓아두고, 명과는 마루의 기둥에 걸려 겨우내 붉게 말라갔다. 진달래는 며칠 지나지 않아 보라색으로 시들고 비틀어져 단지에서 뽑혔지만, 명과는 마를수록 붉은빛이 더해갔다. 마당에 눈이 하얗게 쌓인 날이면 기둥에 걸린 붉은 명과는 무슨 축제 때 쓰이는 꽃다발이나 화환 같았다. 그렇게 겨울을 보내고 이듬해 진달래 철이 되면 명과는 아궁이에 던져져 붉게 타오르며 한 생을 마치곤 했다. 그게 아버지의 유일한 호사고 집에 대한 치장이었다.

얼마 전 채 익지도 않은 명과 한 가지를 얻어 거실에 걸어두고 보면서, 어린 시절 나뭇짐에 명과를 싣고 오던 아버지를 떠올렸다. 그리고 기둥에 걸린 명과의 붉은빛으로 한겨울에도 훈훈해 보였던 마루를 생각했다. 그날 마침, 몸살 때문에 온몸이 아프다 보니, 그리운 순간들이 더 그리워졌다. 아버지가 계신 세상에도 봄이면 진달래가 피고 가을이면 명과가 붉게 익는지. 이마를 짚어주던 아버지의 손길도 그곳에서 여전하신지. 아버지가 꺾어 오신 진달래와 명과 열매는 나의 유년을 환하게 밝히는 등불인 셈이다.

그리고 그때

큰물 빠진 뒤

난간 위에 사람들이 웅성거릴 때

머리를 산발한 여자가

소고와 북처럼 악을 쓰며 울 때

다리 밑에 헝겊 뭉치 같은 것이

보랏빛 꽃처럼 펼쳐져 있을 때

눕히면 눈을 내리감고

배를 누르면 삑삑 울음을 우는

젖은 머리칼의 인형 같았던 때

그 다섯 장의 꽃잎 아래

붉은 노을이 융단처럼 깔릴 때

내가 누운 아이처럼 어렸을 때

마을 앞 정자나무를 쪼갰던 번개 한 줄기가

등줄기를 훑고 지나가던, 그 처음의 때

—「그리고 그때」 전문

◇◇◇

몇 살인지 기억이 나진 않지만, 작은오빠가 깃털이 겨우 덮인 새끼 새를 잡아 온 적이 있다. 오빠는 작은 상자에 짚북데기를 깔고 새를 기르기 시작했다. 밥풀을 쪼개 입에 넣어주며 애지중지 길렀는데 새는 얼마 못 가 죽고 말았다. 그러니까 입을 벌리지 않고 눈을 뜨지 못하더니 더는 움직이지 않고 축 늘어졌다. 나중에 보니 작은 몸이 뻣뻣하게 굳고 차갑게 식었다. 손을 댔을 때 깜짝 놀라 황급히 뗄 정도로 싸늘했다.

아마 이게 내가 죽음에 대해 처음으로 인식한 때가 아니었을까. 아이들은 곤충이나 작은 동물의 사체를 보면서 죽음을 배웠다. 배를 뒤집고 누워있는 풍뎅이나 딱정벌레, 날개가 꺾인 나비, 땡볕 아래 바짝 말라가는 지렁이, 잡을 때는 손바닥 위에서 팔딱거렸는데 집에 와서 대야에 물을 받고 집어넣으니 꼼짝하지 않는 피라미 등.

작은 개미들이 몇 배나 더 큰 여치를 힘들게 끌고 가는 것, 시궁쥐 몸 위에 들끓는 구더기들을 보면서 죽음에 대한 혐오나 두려움을 느꼈다. 그러면서도 아무렇지 않게 동무들과 개구리를 잡아 뒷다리를 자르고 메뚜기를 강아지풀 줄기에 꿰고 잠자리 꽁무니에 밀집을 끼워 날렸다. 죽음은 멀리 있는 것이 아니라, 돌 밑의 쥐며느리나 감자밭의 무당벌레처럼 흔했다.

하지만 사람의 죽음은 다르다. 사람의 죽음은 좀 복잡했다. 아버지가 초상집에 다녀오면 엄마는 한겨울에도 아버지 옷을 꼭 빨았다. 상여가 나가는 걸 보면 손을 뒤로 숨기라고 해서, 상여가 지나갈 때까지 한참 손을 등 뒤에 대고 있곤 했다. 그게 다 부정 타는 걸 막기 위해서라는데, 어쨌든 아직 죽음에 대해 잘 모르는 내게는 그저 꼭 지켜야 할 일종의 의례였다. 지붕 위에서 옷을 흔들며 복, 복, 복 외치는 것도 보았다. 망자의 혼이 돌아오길 비는 초혼이라는 의식이라는데, 지붕에서 떨어지면 어쩌나 조마조마하기도 하고, 그 외침이 마음을 쥐어짜고 뒤흔드는 듯한 무섭고도 신기한 경험이었다.

할아버지 할머니가 안 계셔서인지 집에 초상이 난 적도 초상집에 간 적도 없어, 그 당시 죽음은 뛰어놀지 못하고 시끄럽게 하면 안 되고 손 같은 걸 뒤로 감추는 그런 거로 생각되었다.

어렸을 때 물 위에 버려진 인형 같은 걸 본 적이 있다. 사람들이 웅성거리고 있길래 무슨 구경거리가 있나 비집고 들어가서 본 것이다. 개천을 지나는 작은 다리 아래였는데, 거기 물 위에 인형이 있었다. 기슭에 걸려 떠내려가지 않고. 아랫부분이 물에 잠겨 키는 모르겠지만, 얼굴은 아기 얼굴만 했고 보라색 옷을 입고 있었다.

커다란 곰 인형처럼 아기만 한 인형. 눈을 감은 인형. 앉히면 눈을 뜨고, 눕히면 눈을 감는 몹시 갖고 싶었던 인형. 정말 그런 인형 같은데, 저 인형은 누워서 눈을 감고 있는 것 같은데, 그런데 사람들은 왜 인형을 가리키며 웅성거리는 걸까.

몇 사람이 다리 아래로 내려가고 있을 때, 누군가 어린애는 가라며 나를 무리에서 끌어냈다. 터벅터벅 걸어오면서 갑자기 번개처럼 무슨 생각이 들었다. 그리고 갑자기 무서워졌다. 뛰면서 걸으면서 집에 왔던 것 같고, 엄마는 내 말을 듣더니 뭘 잘못 본 것 같다고 대수롭지 않게 여기셨고, 그래서 말할 의욕을 잃고 더는 다른 사람에게 전하지 않은 것 같고, 하지만 무서워서 며칠은 그 다리를 지나다니지 않은 것 같고, 나중에 가보았을 땐 이미 그 인형 혹은 아이는 사라져서 별로 깨끗하지 않은 물만 흐르는 듯 멈추는 듯했던 것 같다.

그때 나는 무엇을 보았던 걸까. 그 뒤 죽음의 이미지를 떠올릴 때마다 나는 다리 아래서 보았던 그 인형 같던 아이가 생각나지만, 사실 이미 얼굴도 모습도 다 잊어버리고 그날의 분위기만 남았다. 다리 밑을 흐르던 얕은 개천과 개천 기슭에 반쯤 물에 잠긴 인형 같은 아기와 사람들의 웅성거림과 나를 막아서던 손이.

삼십 년도 훨씬 전에 아버지가 돌아가시고, 그 뒤 한참 있다가 큰오빠가 지병으로 세상을 떠났다. 코로나 직전에 엄마가 돌아가셨다. 그 사이 장례 문화도 많이 바뀌어 아버지는 꽃상여를 타고 가셨지만, 엄마는 화장해서 아버지 옆에 묻어드렸다. 고아는 부모가 없는 미성년을 가리키는 말이라 이미 부모의 나이가 되어가는 때에 사용해선 안 되겠지만, 그래도 가끔 갈길 모르는 아이처럼 천지사방에 홀로 남은 듯한 느낌이 든다. 나이가 아무리 들었어도 돌아가신 부모를 생각하면 그 앞에선 어린아이다.

그리고 이젠 반대로, 그 인형 같던 아이의 부모를 생각해 본다. 자식을 앞세우는 일을 참척(慘慽)이라 하는데, 한자를 들여다보면 참혹할 참(慘)의 빗금들이 잔가시처럼 보인다. 자식이 죽으면 가슴에 묻는다고 한다. 산 자가 죽은 자

를 품고 산다는 것은 심장에 박힌 수천 개의 가시를 매일
빼내는 것과 같을 테니 그 아픔을 어떻게 헤아릴 수 있을까.
그 자리는 아물지 않는 상처로 남아 살아있는 내내 시린 바
람이 드나들 터였다.

쌀바위

쌀바위가 있었단다

바위 아래 자궁 같은 구멍이 있어

손 넣으면 꼭 하루만큼의 쌀을 내주는

아침 햇살에 쌀알은 금싸라기 같고

밥 위로 솟는 김은 아지랑이 같아서

스님은 여축없는 곳간지기의 꼭 다문 입을

넌지시 금 가게 하고 싶었겠다

바리때에 간혹 밥알 몇 낱 붙여놓듯

슬그머니 바위의 속살을 더듬고 싶었겠다

누군들 그렇지 않겠는가

황금알을 낳는 닭의 배를 갈라

물렁하게 오르는 김의 온기를 느껴보거나

요술 항아리 컴컴한 입구에

고꾸라질 듯 아슬아슬하게 고개를 디밀어 보거나

바위 속 숨겨진 광맥의 혈을 짚어보는 일

그 두근거림

반평생 밥을 찾아 물맴이처럼 맴돌다 보니

내게도 쌀바위가 있으면 좋겠다

고봉이 아니라도 알맞추 밥이 나오는

식구들 모두 서낭당 비탈밭에 엎드려 있을 때

허기져 사립문 열고 달려들면

마루 위 신문지 아래 담겨

늘 그 자리에서 나를 기다리던

그리운 밥 한 그릇이

—「쌀바위」 전문

◇◇◇

가지산 정상 올라가는 길에 쌀바위란 바위가 있다. 두 개의 커다란 바위가 붙어 있는 것처럼 보이는 이 바위 앞에 가면 바위에 얽힌 전설이 안내판에 적혀 있다. 기도에 열중인 스님을 위해 바위에서 한 끼니의 쌀이 계속 나왔는데 마을 사람들이 이를 알고 욕심을 내어 구멍을 늘리려고 바위를 파냈더니 더는 쌀이 안 나오더라는 이야기다.

끊임없이 쌀이 나오는 쌀바위는 끊임없이 재물이 쏟아

지는 그릇인 화수분과 같다. 이런 화수분류 이야기는 동서양을 막론하고 널리 퍼져 있다. 금 나와라 뚝딱 은 나와라 뚝딱, 하는 도깨비방망이가 그렇고, 소원대로 이루어지는 파란 구슬, 물건을 넣으면 같은 물건이 생긴다는 항아리, 비면 채워지는 쌀독이나 바가지, 먹을 것이 차려지는 밥상, 황금 똥을 누는 당나귀, 그리고 무엇보다 황금알을 낳는 거위.

이런 이야기는 거위의 배를 갈랐다가 낭패를 보는 노부부처럼 욕심부리지 말고 안분지족하라고 우리를 일깨운다. 하지만 이처럼 끊임없이 무언가가, 보물이든 금돈 은돈이든 음식이든 생활에 필요한 무언가가 나와주기를 바랐다는 것은 궁핍한 삶을 이야기를 통해서나마 해소하고 싶어 하는 민중의 바람이나 소망을 나타낸다. 그러니까 욕심을 경계하라는 교훈 이전에, 굶주리지 않고 안전하게, 조금 더 나아간다면 풍족하고 자유롭게 살기를 바라는 인간의 근원적인 욕망을 드러낸다.

우리 어릴 때도 늘 배가 고팠다. 삼시 세끼 외에 주전부리나 간식은 꿈꾸기 어려운 일이라, 진달래꽃을 따고 삘기를 뽑고 찔레를 꺾고 밀 이삭을 훑으며 지냈다. 채집의 재미도 있었겠지만 사실 허기져서 그랬다. 날다람쥐처럼 한시도 가만히 있지 못하고 뛰어다니는 우리에게 '뛰지 말아라, 배

꺼진다.' 하고 어른들이 호통을 치던 시절이다.

그 삼시 세끼란 것도, 시커먼 보리에 감자나 무나 시래기를 두어 양을 많게 하여 지은 밥이지만 어쨌든 끼니를 거르진 않았다. 둥구나무 근처엔 몇 마지기 논이, 서낭당 아래는 몇 뙈기의 밭이 있어서 빈농은 면했던 게 아닌가 싶다.

서낭당은 조금 먼 곳이라 엄마는 서낭당 근처 밭으로 나가는 날에는 밥상을 차려두고 갔다. 점심때 넘어서 집에 돌아왔을 때 마루에 밥상이 차려져 있으면 엄마가 서낭당 밭에 나간 날이다. 늘 허기져 있던 때라 식은 밥도 얼마나 달았던지.

우리 세대가 대부분 그렇듯이 신혼 시절은 어려웠다. 월급을 받으면 허투루 새 나가는 돈을 막기 위해 쌀값, 연탄값, 공과금 봉투를 따로 마련해 두고 썼다. 나중엔 아이들 몇을 모아놓고 독서 지도를 했는데, 그때 아이들과 읽었던 동화가 주로 이런 화수분류 이야기였다. 아니, 거의 모든 전래 동화에는 이런 바람이 밑에 깔려 있다. 도깨비방망이나 화수분 같은 게 있으면 얼마나 좋을까 하는.

울산에 쌀바위란 바위가 있다는 걸 들은 게 그즈음이다. 아, 무형의 이야기뿐 아니라 어떤 실제 장소나 자연물을 근거로 드는 전설에도 이런 이야기가 있다는 데 대해서 인간의 보편적인 갈망, 근원적인 욕망을 느꼈다. 그리고 문득 마루에 차려져 있던 엄마의 밥상이 떠올랐다. 모두 일하러 가고 햇살만 고여 있던 마당과 마당 가운데 바지랑대에서 흔들리던 빨래, 누워서 빨래처럼 느리게 꼬리를 흔들던 재동이가 생각났다.

하루에 세 끼 먹기 어려운 집이 많았던 동네에서 그래도 우리 집은 얌전히 나를 기다려주던 밥상이 있었다. 그 밥상이, 식은 보리밥에 열무김치가 놓여 있던 보잘것없는 밥상이 허기가 지도록 간절히 그리웠다.

집

베란다 근처 말벌집을 떼어 내려 한다
옥상 아래 그늘이 깊어서
말벌이 집을 부풀려 제금* 나는 걸 모르고 있었다
가끔 베란다 앞을 날아갈 때
까만 배가 풍뎅이처럼 빛났다

청소부가 엉겁결에 쏘여 병원에 실려 간 뒤
비로소 바라본 말벌집, 퉁퉁 부은 입술 모양이다
그물망을 쓴 사내들은 고수압 물줄기를 쏘았다
진흙집 아랫도리가 흥건하다

어리둥절한 말벌 떼 까맣게 쏟아져 나와

* 제금: '딴살림'의 방언.

돌아본다, 멈칫멈칫 빈자리를
새벽에 베개만 안고 뛰쳐나와 넘실대는 냇둑에 섰을 때
함부로 식어 가던 아랫목을

어느 말벌은 자꾸만 되돌아와
베란다 유리창 안쪽을 본다
건조대에 빨래가 마르는 걸
베고니아 잎이 햇빛에 반짝거리는 걸

오래전 떠내려가던 소의 눈빛을 하고
맨발이다 저 말벌,

ㅡ「집」 전문

◇◇◇

　말벌이 베란다 창문 바로 위에 집을 지었다. 진흙을 물어다 침으로 개고 시멘트 위에 조금씩 자기들의 왕국을 만들어 가는 걸 우리는 까맣게 모르고 있었다. 창밖으로 시커먼 녀석들이 붕붕거리며 날아다니는 게 자주 눈에 띄게 되자, 이게 웬일인가 싶어 밖을 둘러보다 말벌집을 발견했다.

말벌집은 농구공보다 커 보였다.

꼭대기 층, 엘리베이터 옆이다 보니 그곳은 옥상의 돌출 부위가 비를 가려주고 엘리베이터 바깥이 모서리를 만들어 주어 말벌이 터를 잡기에 더할 나위 없는 공간이었다. 흥부 네 제비가 오두막 처마 밑에 제비집을 지었다면, 말벌은 우리 아파트 처마 밑에 웅장한 성채를 지은 것이다.

말벌집을 발견한 뒤론 방충망에 더 신경을 썼다. 말벌이 날아다니는 게 눈에 띄면 여름에도 베란다 바깥 창문을 닫았다. 그래도 가끔 베란다 안으로 들어오는 놈이 있어서 에프킬라를 들고 소동을 벌이기도 했다. 말벌과 이웃하는 일은 불편하고 끔찍했다. 특히 성묘객이 벌에 쏘여 사망했다는 소식이 한두 번씩 들리는 추석 무렵엔 저절로 베란다 쪽으로 눈이 가곤 했다.

그래서 아파트에서 말벌집을 떼기로 결정이 났을 땐 외출도 미루고 이 역사적인 순간을 지켜보기로 했다. 벌집을 떼기 쉽게 물을 쏠 테니 베란다 창문을 꼭 닫고 있으라는 말을 들은 뒤 얼마 지나지 않아, 정말 세찬 물줄기가 몇 차례 지나갔다. 말벌 떼가 쏟아져나와 우왕좌왕하다가 물 폭탄을 맞고 물러갔다 다시 나타나곤 했다.

한참을 그러다 제거 작업이 끝났나 보다. 창문을 열고

내다보니 외벽에 물 자국만 남기고 정말 말벌집이 사라졌다! 집이 사라졌다는 사실을 아직도 믿기 어려운지 공중에는 까만 말벌 몇 마리가 헛되이 날아다녔다.

그 뒤로 꽤 오랫동안 창밖으로 말벌이 수시로 출몰하곤 했다. 그들은 자기네 집이 있던 곳을 한참 날아다니다 어디론가 사라졌다. 우리는 놈들이 다시 집을 짓는 게 아닌가 하고 신경을 곤두세웠는데, 다행히 약품처리를 해두어서 괜찮을 거란다.

사실 말벌을 무서워하는 것은 우리 인간 쪽의 사정이고 말벌은 졸지에 살 터전을 잃은 난민이 되어버렸다. 아마 말벌에게서 표정이란 걸 살필 수 있다면 '망연자실'한 표정이 아닐까. 홍수나 산불로 모든 것을 잃은 사람들처럼 넋이 나간 듯한 표정. 간간 찾아오는 저 말벌은 아직도 살 집을 마련하지 못한 걸까?

칼릴 지브란은 집을 "당신의 더 큰 몸"이라고 했다. 집을 단순한 쉼터가 아니라 존재의 연장으로 본 것이다. 사실 집이 없다면 살아가기가, 존재하기가 쉽지 않다. 오래전 대합실에서 밤 기차를 기다리는데 허름한 노숙인들이 들어와 의자 위에 눕던 기억이 난다. 그들은 날이 추운데 이불도 없이 잔뜩 웅크리고 모로 누워 간간 앓는 소리를 냈다. 저리 불편한 자세로, 저리 추위에 무방비한 채로 긴 밤을 보내야 한다니, 앉아 있다는 게 편치 않아 그대로 일어나 기차가 올 때까지 서성거렸다. 집이 없다면 외부의 모든 자극과 고스란히 맞서야 하니 몸 자체가 망가지기 쉬울 것이니, 집은 몸을 감싸는 더 큰 몸이 아니고 무엇이랴.

그런데 말벌이 이미 사라진 집터를 찾아오는 것도 일종의 귀소 본능일까? 우리가 명절만 되면 고향을 찾고 조상의 산소에 가서 성묘하는 것처럼 말벌에게도 떠나온 곳에 대한 원초적인 그리움이 있는 걸까?

가스통 바슐라르는 『공간의 시학』에서 "집은 우리의 기억을 담는 첫 번째 공간이며, 상상력의 저장소다."라고 하였다. 집은 우리가 처음 만나는 공간, 우리의 내면에 감각과 기억이 새겨지는 첫 장소이다. 그러므로 고향에 대한 우리의 그리움은 많은 부분 유년의 집에 대한 그리움이다.

까맣게 탄 자국이 난 절절 끓는 아랫목과 창틈으로 들어온 햇살에 춤추던 먼지 알갱이, 수탉보다 먼저 우리를 깨우던 참새들의 재잘거림, 구수한 소죽 냄새, 처마에 떨어지던 눈 녹은 물, 때 묻은 벽지 위에 괴발개발 쓴 글자들, 구멍 난 문풍지로 들어오던 황소바람.

바람과 햇살과 소리와 냄새가 집안으로 몰려들고 스며

들 듯 집은 돌아오는 곳, 돌아가는 곳, 소환과 환원의 장소이다. 그 집이 사라졌어도, 아니 사라졌을수록 더욱 우리는 그 집에 가고 싶어 한다. 내가 가고 싶어 하는 집도 옛집을 헐고 지은 아직 남아 있는 양옥이 아니라 내가 태어나고 자란 마당이 넓은 옛집이다. 그 집은 기억의 저편에 각인되어 프루스트가 마들렌 냄새로 아득한 시간을 거슬러 어린 시절로 되돌아가듯, 정말 바람과 햇살과 소리와 냄새의 어떤 버튼이 눌러지면 자꾸 그 집으로 초대된다.

말벌집을 뗀 지 여러 해가 지났는데도, 말벌은 가끔 날아온다. 그리곤 한참을 옥상 밑을 서성거리다 사라진다. 아, 마치 집에 대한 기억이 깊고 길고 질기게 각인되어 세대를 이어 전해지기라도 하는 것처럼.

집을 팔았네

십수 년간 들어가 산 집을 팔고

그 돈으로 술을 사 거나하게 마신 다음

이놈, 그동안 내가 니 속에 살며 너의 부림을 받았지만

이제부터 니가 내 안에 들어와 살렸다

오연히 소리쳤다는 사람 누구더라

우리도 집을 팔았네

몸 눕힐 더운 방이라도 있어야겠기에

아이들 어릴 때 처음 장만했던

변두리의 단풍잎 같은 아파트

학교가 없어 일 년만 살고 나온

집값은 분양가 그대로고

꼬박꼬박 붓는 부금 은근히 아까워서

부스럼 딱지 같이 걸리적거리기도

괜히 든든하기도 했던 아파트

마침내 팔아버렸네

우리도 술 한 병 사 나눠 마시네

이놈, 니가 내 속에 하며 큰소리치진 못하고

시원 섭섭, 시원 섭섭

시원 소주를 마시네

지상에 방 한 칸 없어 글썽거리던 시간

두 채나 지니고 세금 걱정하던 시간

다 겪고 나니, 부부와 아이들 방 있는 지금 아파트가 딱 맞아

고치처럼 틀어박혀 시를 쓸 수 있는 내 공간 있으면 좋겠지만

아이들 언젠간 풀씨처럼 떠날 테고

그때면 이 집도 나비 떠난 고치 같을 테고

집을 팔았네

오토 밸리 들어서니 쥐고 있으면 오를 거란 말 흘려버리고

집 없어 막막하던 시절 생각해

꼬옥 우리 같은 가난한 신혼에게

십수 년 전 그 값에 쬐꼼 더 보태

―「집을 팔았네」 전문

◇◇◇

거의 사용하진 않지만 오래전 만든 블로그 이름이 '노마디즘'이다. 그리고 방랑을 통해 삶의 의미를 찾으려 하는 주인공이 나오는 헤세의 『크눌프』를 인상 깊게 읽었다. 이걸 보면 나는 유목의 삶을 동경하는 것 같다. 그런데 삼십 년 가까이 같은 아파트에 살면서 별로 지겨워하지 않는 것을 보니 실제 그런 삶과는 거리가 먼 모양이다. 집을 마련하기 전까진 이사를 수도 없이 다녔다. 그런데 집이라는 걸 마련하고 나서 생각하니 이사는 어쩔 수 없이, 등을 떠밀려 하는 유랑이었다. 나는 이리저리 떠돌기보다 한곳에 정착하기를 바랐던 것이다.

지금 사는 아파트는 사실 두 번째 마련한 집이고, 맨 처음 집은 호계, 동천강 근처에 있었다. 울산에 오기 전에 여러 도시를 떠돌고, 울산에서도 몇 차례 이삿짐을 꾸리다가 작은 아파트를 분양받았다.

처음 마련한 아파트는 정말 좋았다. 가장 좋았던 건 이제 연탄을 때지 않아도 된다는 사실. 그간 가스 중독으로 워낙 말이 많아서 집 지을 때 바닥을 꼼꼼하게 마감하게 되어 연탄가스 걱정은 별로 하지 않았지만, 연탄을 갈기 위해 밤중에 일어나는 일은 꽤나 귀찮았다. 조금만 시간을 넘겨도 연탄이 다 타버리거나 마개를 잘못 막으면 중간에 꺼져버리기 일쑤였다. 그러면 번개탄으로 불을 붙여야 했다. 연기 때문에 눈물을 쏟아가며 불을 붙인 뒤 방으로 들어가면 어깨를 움츠리게 하던 한기로 이불을 덮어쓰고도 오래 떨었다. 다 땐 연탄을 버리는 것도 큰일이었다. 청소차가 울리는 딸랑거리는 방울 소리를 듣고 나가면 이미 늦어서 대강 시간에 맞춰 나가 추위에 발을 구르며 기다렸다. 방에 두고 온 아이가 잠에서 깨 무슨 저지레를 할지 조마조마하면서.

방이 여러 개인 것도 좋았다. 그동안 단칸방에서 부대끼던 아이들은 이제 거실의 카펫 위에서 뒹굴고 작은방에 틀어박혀 책을 읽거나 꼼지락꼼지락 무언가를 만들었다.

당시 호계는 아직 농지가 많이 남아 있어서 문을 열면 파릇한 논이 눈을 시원하게 했다. 저녁때엔 개구리 소리가 우렁찼다.

닷새마다 열리는 호계장을 가는 것도 각별한 재미였다. 팔뚝만 한 가물치, 솥뚜껑을 닮은 자라, 껍질을 벗겨 빳빳하게 말린 개구리가 장터에 나왔고, 병아리, 닭, 토끼, 꼬물거리는 강아지도 상자에 담겨 손님을 기다렸다. 아이들은 그만 가자고 채근할 때까지 그 앞에 쪼그리고 앉아 꼬꼬, 멍

명, 하며 온갖 소리를 흉내 냈다.

　반상회도 있었다. 한 달에 한 번, 거실 다탁에 방울토마토나 송편을 올려놓고 아파트 주민이 옹기종기 모여 앉아 아파트 문제나 발전 방안을 의논했다. 반상회엔 주로 젊은 엄마가 아이들을 데리고 참석했다. 어른과 아이들로 꽉 찬 거실은 시끄럽고 답답하고 후덥지근했지만 묘하게 활력이 넘쳤다. 단칸 셋방을 벗어나 처음 내 집을 마련한 사람이 많아서인지, 그리고 그것이 이제 새로 지은 아파트여서인지 참석한 사람들은 무언가 자신감과 자긍심으로 당당해 보이고 목소리도 높았다. 지금 생각하면 젊어서였을 것이다. 대출이 거지반이지만 삼십 대에 집을 마련하고 안정된 삶을 꾸리게 되었으니, 얼굴에 빛이 날만 하지 않은가.

　텃밭도 마련했다. 논 주위에 갈대가 자라는 빈 땅이 있어서 부지런한 주민들은 입주 후 얼마 지나지 않아 땅을 일구기 시작했는데, 우리는 상추 싹이 나고 고추와 토마토가 열리는 걸 신기한 듯 바라보다가 호계 장터에서 잘 벼린 호미를 사 들고 늦게 뛰어들었다. 갈대 뿌리를 캐내는 건 정말 힘들었다. 갈대 뿌리는 흙 밑에서부터 엉겨 붙어 넓게 땅을 차지한 다음 밑으로 파고들었다. 그러니 흙을 파는 순간부터 뿌리의 스크럼과 만나게 된다. 저 집요한 어깨와 팔을 풀려면 뿌리 이상으로 집요하고 참을성이 있어야 했다. 그래서 말 그대로 손바닥만 하게 땅을 일군 뒤 이걸로도 충분하다고 자위하며 호미를 씻었다.

하지만 그 텃밭에 씨를 뿌리진 못했다. 얼마 뒤 시내로 이사를 나오게 되어서이다. 직장도 시내에 있고 아이들의 교육도 신경 쓰여서 출퇴근이 쉬운 곳으로 가자 했는데, 마침 세입자가 수월하게 들어오고 우리도 쉽게 집을 구해서 시내로 이사를 했다. 맹모처럼 학교 가까운 곳으로.

이사하는 날 베란다에 나가 밖을 보니 우리가 일구었던 밭이 까까머리의 헌데처럼 도드라졌다. 우리는 마음을 일구었던 것일까. 어떤 흔적을 남기고 싶어 종일 땀 흘렸던 것일까. 저 한 줌의 땅은 결국 한철 지나면 다시 갈대밭으로 되돌아갈 텐데. 숱하게 이사를 했지만 내 집이라고 도장을 찍은 곳은 이 아파트뿐이니, 일 년밖에 안 지났어도 무언가 뭉클했다.

그랬다. 떠난 곳을 다시 찾기는 쉽지 않다. 우리는 전세 살던 집을 매입해서 두 번째로 집을 마련했고, 호계의 아파트는 세입자에게 팔았다. 얼굴도 기억나지 않는 세입자는 거의 우리와 비슷한 길을 밟은 셈이다. 이사하지 않고 전세로 오래오래 살다가 살던 집을 매입했으니.

호계는 지금 갈대밭은커녕 논도 다 사라지고 아파트가 성채처럼 들어섰다. 호계장은 여전히 붐빈다. 시내보다는 젊은이들이 많은 편이어선지 활기가 넘친다.

지난번엔 버스를 타고 가다 가물치가 들어 있는 고무 함지를 보았다. 아이 하나가 쪼그리고 앉아 함지를 들여다보고 있었다. 문득 버스에서 내릴까 하다 그만두었다. 우리가 공들여 만들었던 밭뙈기가 생각났다. 갈대가 다시 점령할 때까지 잠시 햇볕에 몸을 말리고 있었을 푸슬푸슬한 흙의 알갱이들. 지금은 어느 아파트의 화단이나 주차장, 혹은 아스팔트로 변했을지 모르지만, 거기 잠시 멈추어 선 시간을 곰곰 들여다보았다.

눈, 뜨고 있는

건어물전에서 굴비 두름을 사다가
눈, 둥그렇게 뜬 두 눈을 보았다
함께 엮인 나머지 눈들
모두 휘둥그렇다
지리멸 눈들이 참깨 씨앗처럼 됫박에 담겨 있다
흙 속에 뿌려져 멸치 떼가 열릴 기세라
그 후생은 지리멸렬하지 않겠다
오히려 둥글게 흰 은빛 옆구리 반짝이겠다

놀란 듯 휘둥그런 눈
이것은 물고기가 죽음을 받아들이는 방식이다
수면으로 끌려 나와
햇살의 칼날이 목을 칠 때
칼날 너머 무지개를 보는 것

물 밖의 풍경에서 난생처음 어떤 비의를 깨닫는
황홀 찬란한 그 순간, 심장이 꿰인다
죽음으로 미끈덩 빠지는 찰나
비로소 눈이 열리는 것이다

그리하여 새벽 1시 형광등 빛 아래
가늘게 열린 어머니의 눈을 쓸어내려
마침내 감겨드릴 때
손끝에 느껴지던 둥근 감촉은
석문사 처마 끝에 걸린 목어의 두 눈 그것이다
아가미에 물살 대신 바람이 걸리던 순간
그 기쁜 두려움이
얇은 눈꺼풀 안쪽에서 둥글게 부풀어 오르던 때

—「눈, 뜨고 있는」 전문

◇◇◇

물고기는 눈꺼풀이 없다. 잠을 잘 때도 눈을 감을 수 없
어서 깊이 잠들지 못한다고 한다. 잡아먹힐 위험이 있으니
해초 사이나 바위틈이나 모랫바닥같이 그나마 덜 위험한
곳에서, 지느러미도 안 움직이고 가만히 있다면 그게 자는

104

중이라고 한다. 물고기의 죽음도 마찬가지이다. 눈꺼풀이 없는 눈은 모습이 아니라 색깔이나 상태로 죽음을 알린다. 흐릿하고 텅 비어 있는 상태로. 하지만 역시 놀란 듯 휘둥그런 모습으로.

눈은 삶 혹은 죽음과 가장 직결된 부분이다. 흔히 세상에서 가장 무거운 것을 눈꺼풀이라고 한다. 졸음이 밀려올 때 눈꺼풀은 얼마나 무거운가. 수마(睡魔)는 눈꺼풀 하나로 우리를 제압하고, 우리는 둔중한 움직임마저 멈추고 잠시 삶 이후 같은 어떤 미지의 영역으로 들어간다. 그래서 사람이 죽으면 눈을 감았다, 죽음이 눈꺼풀을 덮다, 어둠이 눈동자에 내려앉는다고 표현한다.

그러니 죽어도 감기지 못하는 물고기의 열린 눈은 죽음뿐 아니라 죽음 이후를 바라보는 눈이다. 물고기의 죽음은 대개 물 밖에서 이루어지니 물의 장막이 걷히고 눈에 가장 많은 빛이 쏟아져 들어올 때, 가장 밝고 환한 순간에 죽음을 맞이하는 셈이다. 그렇다면 물고기는 죽음의 순간, 그 찰나에 비로소 눈이 열리는 것일 거다.

죽은 물고기를 보면 더욱 그런 생각이 든다. '지리멸'이라고도 하는 잔멸치는 몸이 작아서 몸 전체가 눈처럼 느껴진다. 죽은 뒤 도드라지는 까만 눈동자는 작은 씨앗 같아서 땅에 심는다면 정말 잔멸치가 열리는 게 아닐까, 하는 생각도 해본다. 잔멸치를 보면 죽음이 오히려 삶에 대한 사유를 불러일으키는 셈이다. 북어도 그런 편인데, 어느 땐가 입을 벌리고 있는 북어 사진을 보니 벌린 입이 마치 웃고 있는 것 같아서 동그란 눈에서 오히려 언뜻 삶의 환희, 아니 죽음의 환희가 엿보였다. 북어의 마른 눈이 죽음 이후를 바라보는 것처럼 느껴졌다.

　　나는 임종의 순간을 두 번 지켜보았다. 아버지는 내가 도착하고 얼마 안 되어 돌아가셨다. 막내를 기다리느라 눈을 감지 못한 거라 했지만, 사실 도착했을 땐 이미 감긴 눈을 뜨지 못해서 눈 밖으로 흘러나온 한줄기 눈물을 닦아드릴 수밖에 없었다. 엄마는 일요일에 만나고 울산으로 돌아왔는데 그 이튿날 돌아가셨다. 병원에서도 임종을 예측하지 못한 상황이지만 하룻밤 더 있지 못한 건 두고두고 후회로 남는다.

　　시어머니 임종은 그 모든 순간을 다 지켰다. 어머니는 눈을 가늘게 뜨고 돌아가셨는데, 내가 손으로 쓸어 감겨드렸다. 그때의 둥근 감촉이 아직도 손끝에 남아 있는 듯하다.

　　둥글다. 눈알은 원래 둥글지 않은가. 하지만 그 예사로운 느낌이 죽음의 상황에선 달리 느껴진다. 그러니까 눈은 감았지만, 눈꺼풀 안쪽의 눈은 오히려 뜬 것이 아닌가 하는. 마치 물고기가 물 밖으로 나와 죽음을 받아들이는 순간에 가장 휘황찬란한 빛에 노출되는 것처럼. 그래서 눈꺼풀 안쪽 눈의 둥긂은 삶과 죽음 양쪽을 다 보는 것 같은 느낌, 오히려 죽음이 아니라 삶으로 들어가는 듯한 느낌.

그리고 어머니가 다니시던 석문사란 절의 목어도 떠올랐다. 늘 눈을 뜨고 있는 물고기처럼 항상 정진하라는 뜻을 지닌 목어는 속이 비어 있다고 한다. 불교에서 비어 있음, 곧 공(空)은 집착이 없는 마음, 무아(無我)와 무상(無常)을 의미한다.

죽음은 생의 집착이 끊어지는 일이니 죽음은 둥글다. 눈꺼풀 안쪽의 둥근 눈처럼. 아니, 아예 눈꺼풀이 없는 물고기 눈처럼. 생의 모든 날카로운 모서리와 굴곡을 다듬어 낸, 번뇌도 미련도 없이 텅 빈 고요만이 흐르는 둥긂.

예감

아침에 설거지를 하다 접시를 깨뜨리거나
국밥집에서 금 간 사기그릇을 발견하거나
저녁나절 검은 고양이가 힐끔거리며 휘익 가로질러
가거나
그건 사소한 일, 그건 단지
붉은 신호등에 걸린 어느 나른한 오후 같은 거
진짜 예감은 극적으로 일어난다
팔의 안쪽에 까닭 없이 생겨 지워지지 않는 시퍼런 멍
기억도 나지 않는 곳에서 날아온 붉은 도장이 찍힌 딱지
한밤중 불현듯 눈이 떠지고
어떤 메시지를 찾아 다급하게 휴대폰을 켠다
공중에 오래도록 잔광이 남는다
아니, 예감은 찻잔 바닥에 가라앉은 이물질처럼 온다
천천히, 형태를 알 수 없이 부은 얼굴로

가령 베란다 화분에 심겨 있는 크로톤의 자잘한 잎들이

이유 없이 노랗게 물드는 일

수십 수백 개 잎의 혈관이 푸른 피돌기를 멈추고

어느 싸늘한 가을 아침 황금빛 은행잎처럼 변했을 때

그때 예감은 차가운 손을 들어 등줄기를 쓸어내리는

것이다

몸을 일으켜 서성이거나

무릎을 감싸안고 닫힌 창문을 덧없이 바라볼 때

바람도 없는데 물기 마른 잎들 우수수 발등으로 떨어

져 내리고

바로 그때, 맹렬히 전화벨이 울린다

저 깊은 곳에서

―「예감」 전문

◇◇◇

특정한 일이나 현상, 물건이 불길한 징조라고 여겨지는
경우가 있다. 그릇이나 거울을 깨뜨리거나, 금을 밟거나, 검
은 고양이가 가로질러 가는 일, 이빨이나 머리카락 같은 게
빠지는 꿈 따위.

이러한 불길한 조짐은 끈적끈적한 타르처럼 우리의 의

식에 달라붙어 찜찜하고 불편한 느낌을 준다. 사실 아침부터 그릇을 깨면 기분이 좋지 않다. 깬 그릇이 문제가 아니라 무언가 좋지 않은 일이 일어날까 봐 노심초사하게 된다. 그런 날은 대개 칼에 손을 베이거나, 냉동실 문을 열었을 때 꽁꽁 언 물건이 떨어져 발등을 찧거나, 무언가를 주우려 하다 식탁 모서리에 머리를 부딪치게 된다.

이런 일은 아마 계속 그 생각을 하니까 그대로 일어나버리는, 자기실현적 예언에 가깝다. 이럴 땐 생각을 바꾸는 발상의 전환이 필요하다. 나는 무언가를 깼을 땐 춘향전에 나오는 춘향의 꿈을 생각한다. 춘향이 옥중에서 꽃이 지고, 거울이 깨지고, 허수아비가 매달린 꿈을 꾸고 나서 죽을 꿈인 줄 알고 슬퍼하는데, 옥 밖을 지나가던 판수는 꽃이 지니 열매를 맺고 거울이 깨지니 좋은 소식이 들릴 것이며 매달린 허수아비를 보듯 사람들이 우러러볼 것이라고 해몽한다. 거울이든 그릇이든 깨지면 소리가 나는 건 마찬가지일 테니 그 소리를 춘향의 거울처럼, 좋은 소식이 들리는 쪽으로 해석한다.

사소한 걱정이나 불안이 생길 땐 "응당 머무는 바 없이 그 마음을 내라(應無所住 而生其心)"는 『금강경』의 구절을 떠올린다. 어떤 특정한 생각이나 감정, 대상에 얽매이거나 머묻지 말고 흘려보내라는 말이니 마음을 다스릴 때 도움이 되는 구절이다.

미래를 예견하는 징조의 하나로 예지몽이란 게 있다. 엄마는 꿈이 잘 맞았다. 꿈을 꾼 뒤 누가 아픈가 보다, 죽었나 보다, 오늘 누가 올 것 같은데, 하면 얼추 맞았다. 작은오빠가 고등학교에 합격했을 때는 마당에서 내다보이는 식장산 위로 용이 날아오르는 꿈을, 외할머니가 돌아가셨을 때는 외할머니가 아무리 불러도 뒤도 안 돌아보고 가시더라는 꿈을 꾸었다고 했다. 그래서 우리는 중요한 일이 있을 때면 엄마가 무슨 꿈을 꾸었는지 물었다. 대개 높은 데서 떨어지거나 동전을 주우면 계속 동전이 나타나 한없이 줍게 되는, 소위 개꿈을 꾸는 내게 엄마의 꿈은 신기하고 신비로웠다.

큰오빠가 오랜 지병으로 고생할 때 엄마는 그래도 오빠가 나으리라고 굳게 믿었는데, 그게 젊은 시절 꾼 꿈 때문이다. 이십 대의 엄마는 오빠가 아름다운 꽃이 핀 꽃밭에 누워있는 꿈을 꾸었는데, 그 꿈이 너무나 선명해서 오랜 세월이 흐른 지금도 잊히지 않는다고 했다. 그렇게 예쁜 꽃 속에, 그렇게 어리고 고운 모습으로 누워있는데 어떻게 낫지 않겠느냐고, 조금 있으면 털고 일어설 거라고 하셨다. 그 꿈 얘기를 그때 처음 들었는데, 나는 오히려 등줄기로 소름이 돋았다. 꽃밭에 누워있는 오빠의 모습이라니! 물론 입 밖에 낼 수는 없었다.

꿈을 잘 꾸지도 않고, 맞지도 않고, 사람의 기미를 잘 살피지도 못하는 내 경우, 어떤 불길한 예감은 기르던 식물을 통해 느끼는 것 같다. 화분에서 잘 자라던, 스투키처럼 튼튼하고 두껍던 산세비에리아의 가운데 줄기가 예고도 이유도 없이 부러졌던 날, 오빠의 부음을 들었다. 오빠는 십 년 가까이 아팠고, 점점 악화하는 중이었다. 그래도 왜 하필 그날이었을까. 산세비에리아 줄기가 부러지는 일은 드문 편이어서, 그날 일을 표현한 「주름」이란 시에선 그걸 호접란으로 바꾸었다.

크로톤이란 식물을 키운 적도 있다. 원래 금손이 아니라 화분의 식물을 잘 죽이는 편인데 이 크로톤은 의외로 잘 살았다. 그런데 어느 날 크로톤의 잎들이 하루아침에 모두 노랗게 변하더니 하나둘 떨어지기 시작했다. 그날 요양병원에 계시던 어머님이 위독하다는 소식을 들었다.

식물, 특히 나무가 미래를 예지하는 사례는 종종 전해진다. 예전엔 마을을 지키는 당산나무란 신목이 있었고, 이 나무들이 예지목의 역할을 했다. 갑자기 건강하던 나무의 가지가 꺾이거나 잎이 마르면 가뭄이나 흉작이, 계절에 맞지 않게 꽃이 피거나 낙엽이 지면 이상 기후나 재난 상황이, 나무에서 이상한 소리가 나거나 피 같은 붉은 액체가 흐르면 전쟁이나 질병 같은 큰 비극이 일어난다고 믿었다. 그렇다면 우리 집 베란다의 산세비에리아나 크로톤은 예지 식물의 역할을 제대로 한 셈이다.

그 뒤로 화분을 잘 들이지 않는다. 여러 가지 화분을 다 처분하고 우리 집 베란다에는 분갈이로 계속 뻗어 나온 산세비에리아 화분 하나와 다육이가 몇 점 있을 뿐이다. 그물에 걸리지 않는 바람처럼 마음을 놓아주면 되는데, 식물의 경우는 쉽지 않다. 일일이 물을 주고 잎을 닦아주어야 하는 수고로움에 대한 변명일 수도 있겠지만, 식물이 온몸으로 표현하는 그 한마디 말, 그 기미를 어찌 지나칠 수 있을까.

3부

고요는 보내고
소란은 걸러낸다

개옻나무 저 혼자 붉어

지난봄 숲을 지나온 뒤 우리는 개옻나무의 덫에 걸렸
다 혀 밑에 감추어 둔 맹독의 세침에 팔뚝에 붉은 물집이
잡히고 심장의 안쪽이 미친 듯이 가려워질 때 우리는 한
숨을 쉬며 저주를 퍼붓고 옻의 귀는 확대경이 불씨를 모
으듯 말의 씨앗을 모아 두었다

맨발의 파발꾼이 다급하게 전하는 어떤 밀서를 받았
는지 개옻나무 혼자 붉다 벌린 입으로 숨겨둔 말이 발아
하고 수많은 혀가 발화(發火)한다 발화점을 넘은 말의 덩
어리들이 개옻나무에 걸려 있다 독설의 덫에 개옻나무
온몸이 가렵다

아직 엽록에 잠겨 있는 관목 숲
금기의 신목(神木)인 양 아무도 다가가지 않는다 개옻

나무

저 혼자 붉다

저 혼자 발화(發話) 한다

◇◇◇

만산홍엽. 산마다 단풍이 절정이다. 산에 불이 붙은 듯하다거나, 단풍이 꽃보다 곱다는 표현은 이미 오래전 시인 묵객이 써버려서 이젠 식상한 표현이 되고 말았다. 그래도 정비석 작가의 「산정무한」은 단풍을 묘사한 글 가운데 백미로 꼽을만하다. "산은 언제 어디다 이렇게 많은 색소를 간직해 두었다가, 일시에 지천으로 내뿜는 것일까? … 정말 우리도 한 떨기 단풍에 지나지 않아 보인다. 다리는 줄기요, 팔은 가지인 채, 피부는 단풍으로 물들어 버린 것 같다. 옷을 훨훨 벗어 꽉 쥐어짜면, 물에 헹궈 낸 빨래처럼 진주홍 물이 주르르 흘러내릴 것만 같다." 금강산 영원암을 지나면서 만난 단풍을 보고 물아일체, 사람도 단풍나무가 된 것 같다고 단풍에 취해 쓴 글이다.

나도 십여 년 전 설악산에 가서 이런 단풍을 만난 적이 있다. 시월 말 산행이라 좀 늦은 감이 있어서 단풍을 크게 기대하진 않았는데, 그리고 사실 한계령에서 대청봉을 지나 봉정암으로 향하는 아홉 시간 넘는 산행에 지칠 대로 지쳐 주변 나무들이 눈에 들어오지도 않았는데, 오세암에서 하룻밤 머물고 이튿날 좀 가뿐해진 하산길에 불타는 단풍을 보았다. 그 풍광이 얼마나 곱던지 정말 빨리 가서 앞의 단풍을 보고 싶은 마음과 두고 가는 단풍이 아까워 자꾸 뒤돌아보고 싶은 마음이 갈등을 일으켜 걸음이 제대로 떼지지 않았다.

단풍은 흔히 단풍나무의 붉음을 말하지만, 곱기로는 화살나무 단풍도 손에 꼽는다. 화살나무는 관목이라 정원수나 울타리로 많이 심는데, 가을에 붉게 물든 잎은 정말 아름답다. 특히 하늘 맑은 날, 탁 트인 하늘을 배경으로 단풍이 든 화살나무를 보면 화살나무 단풍의 붉음과 하늘의 푸름이 대비되어 눈이 시릴 정도이다. 서정주 시인이 「푸르른 날」이란 시에서 "푸름에 지쳐 단풍 드는데" 하고 표현한 게 이해된다.

감나무 단풍은 어떤가. 감나무는 일곱 가지 좋은 점을 갖추었다 하여 칠덕수(七德樹)라고 한다. 수명이 길고, 잎이 풍성하여 그늘이 짙으며, 새가 둥지를 짓지 않고, 벌레가 없으며, 단풍이 든 잎이 아름답고, 과실이 훌륭하며, 낙엽이 두껍고 크다는 것이다. 단풍 든 모습이 칠덕의 하나라고 하니 가을 햇살에 탐스럽게 붉어진 감잎은 풍요로운 가을 정취를 더하며 그 아름다움을 예로부터 인정받은 셈이다. "오매 단풍 들것네/ 장광에 골 붉은 감잎 내려오아/ 누이는 놀라서 치어다 보며/ 오매 단풍 들것네." 누이가 감잎이 떨어지는 것을 보고 놀라는 모습을 표현한 김영랑 시인의 시는 아름다운 감잎 단풍에 대한 헌사이다.

개옻나무 단풍도 좋다. 사실 나는 옻 알레르기가 있어서 옻나무 비슷하게 생긴 것은 무조건 피하는 편이다. 은행알을 만져도 옻을 만진 것처럼 가려운데, 옻 알레르기는 자꾸 생길수록 더 심해진다고 한다. 요샌 스치기만 해도 벌겋게 부풀고 미친 듯이 가렵다. 그게 그냥 낫지도 않고 꼭 피부과에 가서 약 처방을 받아야 한다. 봄에도 옻나무를 가죽나무인 줄 알고 만졌다가 큰 고생을 했다. 그러니 단풍 든 개옻나무도 가까이 갈 수 없어 멀찍이 떨어져 보았다. 사실 옻인지 개옻인지 구별이 어려운데, 나무에 정통한 지인이 개옻나무라고 알려주었다.

이미 잎이 졌거나 갈변한 나무들 사이에서 개옻나무는 저 혼자 붉었다. 그 붉은 잎이 마치 무언가를 말하고 싶은 붉은 혀 같았다. 저 붉은 잎의 발화(發火)와 붉은 혀의 발화(發話) 사이. 아무도 다가가지 않는 개옻나무는 고독함 속에

119

서 독기를 품은 것 같고, 그 독기가 저처럼 붉게 번져 나온 것 같고, 어쩌면 봄에 뱉었던 온갖 독설이 저 붉음에 붉음을 더한 것 같기도 했다. 미처 다 사그라지지 못한 가을의 붉은 탄식. 개옻나무, 그처럼 붉었다.

무

팔꿈치 안쪽에 실핏줄이 터지듯 천천히 멍이 드는 저
녁이다

무의 발자국이 밭두둑을 넘어왔다
무의 발자국은 서걱서걱 얼음 갈리는 소리를 냈다

무를 깎는 소리가 그랬다
매끄러운 얼음을 지치듯 껍질 밑으로 칼이 들어갈 때
부엌문으로 무심코 하늘을 보다 낮달에 손을 베일 때
껍질과 칼의 경계에 돋는 소름

껍질 밑으로 무의 실핏줄이 드러났다
오래 동여맨 손가락처럼 하얗게 질려 있다

집요한 서걱거림에 무가 제 몸을 열어 보인다

빈집의 들창처럼 숭숭 바람구멍이 나 있다

—「무」 전문

◇◇◇

같은 십자화과라는 것 외에는 별로 공통점이 없는 데도 무, 하면 꼭 배추가 따라오는데, 무와 배추 가운데 나는 단연 배추파였다. 깍두기나 동치미보단 배추김치가 낫고 뭇국보다는 배춧국이 더 구수하고 감칠맛이 났다. 겨울에 먹는 배추 뿌리는 고구마처럼 들부드레했다. 하지만 살림하면서 무에 대한 이미지가 크게 바뀌었다.

사실 요리 재료는 맛도 맛이지만 그 쓰임새도 중요한 편인데 무야말로 온갖 곳에 다 쓰이는 중요한 채소이다. 섞박지와 깍두기, 동치미 같은 김치류는 물론 무생채, 무나물, 무말랭이 같은 무침이나 나물류, 그리고 무 볶음, 뭇국 같은 볶음이나 국류에 두루 쓰인다. 고등어 조림, 갈치 조림, 동태탕이나 대구탕 등 조림이나 탕에는 무를 넣어야 재료가 눅지 않고, 맛도 시원하고 달큼하다. 그뿐인가 채수든 육수든 국물을 낼 때 무는 빠질 수 없는 재료이다. 이처럼 무는 배추보다 두루 쓰이는 식자재라 장바구니에 자주 담게 된다.

물론 무는 싹이 튼 지 얼마 안 되는 무순부터 훌륭한 먹거리다. 샐러드나 비빔밥에 넣어도 좋고, 조금 더 커서 열무가 되면 된장국을 끓이거나 열무김치나 열무물김치를 담가 먹는다. "해야 해야 나오너라./ 김칫국에 밥 말아 먹고/ 장구 치며 나오너라." 어릴 때 초등학교 교과서에도 실렸던, 냇가에서 멱을 감다 밖에 나와 새파래진 입술로 몸을 두드리며 불렀던 이 노래에 나오는 김칫국은 아마도 새콤하게 시어 입맛을 돌게 하는 열무물김치일 것이다.

무는 꽃도 예쁘다. 뿌리가 덜 차서 그대로 둔 무는 이듬해 봄에 흰색이나 연한 보라색 꽃을 피운다. 향기는 짙지 않지만, 꽃가루가 많아 벌과 나비가 많이 찾는다. 연보랏빛 무꽃에 앉은 배추흰나비를 보면 잠시라도 세상이 눈부시고 살만하고 평화롭게 느껴진다. 꽃이 예쁘다 보니 요새는 유채꽃처럼, 꽃을 보기 위해 지자체에서 일부러 무밭을 가꾸는 일도 있다. 그래도 이렇게 사람 손이 탄 무꽃보다 무언가 게으르고 한가한 느낌을 주는 무꽃이 좋다. 문태준 시인의 「극빈」에 나오는 무꽃 같은. "채소밭에 꽃밭을 가꾸었느냐/ 사람들은 묻고 나는 망설이는데/ 그 문답 끝에 나비 하나가/ 나비가 데려온 또 하나의 나비가/ 흰 열무꽃잎 같은 나비 떼가/ 흰 열무꽃에 내려앉는 것이었다."

어차피 무는 씨앗으로 가꾸는 채소이니 무씨 달린 걸 보면 게으름에 대한 한탄이 찬탄으로 바뀔 듯하다. 무씨는 꽃대 옆에 차례차례 달린 길쭉한 꼬투리에 들어 있는데 그 모양이 작은 강낭콩 꼬투리처럼 올록볼록 귀엽기 때문이다. 씨앗은 싹이 잘 터 초등학교 2, 3학년 때 강낭콩과 함께 싹 틔우기 표본으로 들여놓는 편이다. 접시에 휴지나 솜을 깔고 무씨를 올린 뒤 창가에 두면 이삼일 만에 아이들의 경이로운 외침을 들을 수 있다.

보통 가을에 무씨를 뿌려 입동 무렵 수확하는데, 무청은 잘라서 처마 밑에 걸어 시래기로 말리고 무는 땅을 파서 움을 만들고 그곳에 저장했다. 그리고 설핏 겨울잠에 서 깬 다람쥐가 먹이 창고를 드나들 듯 겨우내 무 움을 드나들며 하나씩 꺼내 뭇국에, 대구탕에, 된장찌개에 넣곤 하였다. 쌀을 아끼기 위해 무를 넣고 짓는 무밥도 해 먹었다. 아, 무는 긴 겨울을 버티게 해주는 단단하고 아삭거리며 푸짐한 무엇이었다.

하지만 겨울 무의 참맛은 그냥 깎아서 생으로 먹을 때 느껴지지 않을까. 긴긴 겨울밤 고구마도 바닥을 보이고 배추 뿌리도 동이 나서 움에서 꺼내 온 조선무를 엄마가 부엌칼로 깎아줄 때, 그 커다란 무쇠 부엌칼에 손이라도 베일까 조마조마했지만, 마침내 무는 서걱서걱 서늘하게 제 몸을 열어 보이며 우리에게 훌륭한 밤참이 되어 주었다. 그 맵고도 달짝지근한 맛!

땅속이 온도 변화가 적어 저장이 잘 된다고 하여도 대보름을 넘기면 남은 무는 대개 연노랑 움이 트고 상해 있기 마련이다. 어쩌다 멀쩡해 보이는 무도 속을 보면 듬성듬성 바람구멍이 나 있다. 그런 무는 종이를 씹듯 퍼석퍼석해서 결국 텃밭 한 귀퉁이에 버려지지만, 돌이켜보니 맵고도 달큼한 무맛이나 숭숭 구멍이 난 무 속은 어쩌면 삶의 맛과 모습이 아닌가, 하는 생각도 든다.

갓 뽑은 무처럼 속까지 꽉 차 세상을 바꾸고야 말겠다고 덤비던, 순수한 오기와 열정이 넘치던 젊은 날엔 명치 끝을 날리는 매운 펀치처럼 상대를 가격하는 직언을 서슴지 않았다. 매운맛 뒤에 가려진 삶의 노곤함과 팍팍함을 그때는 채 몰랐다. 나이가 들며 삶의 매운맛은 묵직한 지혜가 되고, 달큼함은 깊은 연민으로 변해간다. 한때 꽉 찬 무 속처럼 보였던 자아가 구멍이 나서 허술해진다. 완벽하지 않아도 괜찮다는 여유로움과 상대를 포용할 줄 아는 너그러움도 생긴다. 시간이 지나면서 단단했던 목질의 틈이 벌어지고 헐거워지는 나무처럼, 팽팽했던 종잇장이 느슨해지고 바람이 드나드는 창호처럼.

물음표, 느낌표

어미 뱃속의 새, 벌레, 물고기

그들은 물음표다

둥글게 몸을 말고 호기심으로 커진 눈이

눈꺼풀 아래 미세하게 떨린다

히아신스의 둥근 구근

흙을 밀어 올리는 새싹

꿈꾸듯 손가락을 빠는 태아

양수 터지듯 봄비가 왔다

나무의 근육과 새의 혀가 부드럽게 풀리고

세상이, 삶이, 한순간의 풍경처럼 뷰파인더에 잡히면

그때부터 만상은 느낌표다

허리를 곧게 펴고 몸을 부풀려

외출하기 딱 좋은 날씨군

길쭉하게 뻗은 나뭇잎

그 아래 둥근 꽃

그 아래 향긋한 사과

그 아래 꿀벌이 부지런히 모아 둔 황금빛 꿀단지

사슴벌레는 미끈한 날개를 뽐내고

물고기는 헤엄치고

아이는 자란다

느낌표처럼 최대한 크게 크게

그리고 마침내 다시 물음표를 닮은 몸

침대 시트 속에서

누군가의 뱃속으로 들어가고 싶다고 끝없이 웅얼거리는

주름진 눈꺼풀 속의 푹 꺼진 눈이

다른 세상의 구멍을 들여다보는

태아처럼 웅크린 제 몸을 갸웃이 바라보는

　　　　　　　　　　　　　　—「물음표, 느낌표」 전문

◇◇◇

　우리 어렸을 때는 ㄱ, ㄴ, ㄷ 같은 한글 자음이 문살 모양을 본뜬 것이라고 들었다. 고등학교에 올라서야 'ㄱ'은 혀

뿌리, 'ㄴ'은 혀끝, 'ㅁ'은 입술 같은 발음기관에서 나왔다고 배웠다. 그리고 모음에 해당하는 ·, ㅡ, ㅣ도 ·는 하늘, ㅡ는 땅, ㅣ는 사람에서 나왔다고 했다. 한글 자모는 단순한 기호가 아니라 우리 몸의 구조를 본뜬 설계도이자 우리가 몸담은 우주를 형상화한 것이었다. 그렇게 기호는 무언가를 닮았다.

찰스 샌더스 퍼스는 기호를 아이콘, 인덱스, 심볼로 나눈다. 우리말로 도상, 지표, 상징으로 번역할 수 있겠는데, 그중 '아이콘'은 닮은꼴의 기호, 즉 도상으로서의 기호다. 한글처럼, 닮았기 때문에 말이 되고, 말이 되었기 때문에 세상과 연결되는 기호들.

그렇다면 문장부호는 어떤가. 문장의 정확한 뜻을 전달하기 위해 사용하는 문장부호도 일종의 기호이다. 물론 빗금이나 낫표, 화살괄호처럼 본뜬 대상을 이름으로 사용하는 부호도 있지만, 대부분 문장부호의 닮음에 대해서는 약간의 상상력을 발휘해 보는 게 좋다.

쉼표는 올챙이나 초승달처럼 보인다. 작은 귀나 끝이 약간 풀린 실타래, 전구처럼 보이기도 한다. 쉼표는 꼬리를 말고 있는 올챙이처럼 말이 잠시 쉬고 있는 상태, 혹은 초승달처럼 완전히 차오르기 전에 생각이 정리되고 숨을 고르는 단계일 수 있다. 쉼표가 귀의 모습이라면 말을 멈추고 잠시 휴식을 취하면서 상대의 이야기를 주의 깊게 듣는 중일 것이다. 그리고 실타래의 처음이라면 앞으로 실타래가 풀리듯 흥미로운 이야기가 계속 이어질 것이다. 쉼표는 지속되는 삶, 계속 걸어야 할 팍팍한 길을 비추는 전구의 모습을 하고 있다.

마침표의 작은 점은 눈동자나 조약돌, 단추, 씨앗 등을 떠올리게 한다. 눈동자는 잡다한 말과 생각을 멈추고 온 신경을 다 기울여 한 점을 응시한다. 그리고 모든 것을 다 본 뒤 조용히 눈꺼풀 속에 잠이 든다. 조약돌이라면 강물처럼 흐르는 생각이나 말의 흐름을 멈추게 하는 역할을, 단추라면 문장을 아퀴짓고 단정하게 잠그는 장치이겠다. 하지만 마침표는 씨앗을 가장 많이 닮은 것 같다. 씨앗에서 새로운 싹이 돋아나듯 문장에서 새로운 문장이 태어난다. 끝난 것처럼 보이지만, 그곳에서 다시 시작되는 게 마침표 아닌가.

줄임표도 상상력을 자극하는 문장부호이다. 줄임표의 점 세 개는 징검다리를 닮았다. 그러니까 말과 말 사이, 마음과 마음 사이를 잇는 다리이다. 건너가려면 잠깐 멈춰야 하고, 조심스럽게 디뎌야 하는 공간이다. 혹은 말의 거품을 닮은 건 아닐까. 거품처럼 부글부글 끓는 감정이 아직 말로 터지지 않을 때, 아니 못할 때, 그 조심스러운 작은 울림들의 표현. 아니면 밤하늘의 별 셋이라 해도 좋겠다. 완전히 꺼지지 못한 감정의 잔광이 점, 점, 점 이어진다는 표식.

따옴표도 재미있다. 만화에서 등장인물의 말을 감싸는 말풍선처럼, 따옴표는 말이라는 숨결을 조심스럽게 감싸는 보호막이다. 쉼표가 하나의 귀라면 따옴표는 두 쌍의 귀처럼도 보인다. 우리가 하는 말은 누군가의 귀에 닿기 전에는 완성되지 않았다. 말은 듣는 귀가 있어야 비로소 완성된다. 그러므로 따옴표는 상대의 말을 더 잘 듣기 위해 활짝 열린 마음의 표현이다. 따옴표를 두 짝의 신발로 상상할 수도 있다. 우리가 밖으로 나가기 위해 신발을 신 듯, 말은 단정하고 예의 바르게 신발을 신고 세상 밖으로 나가기 위해 준비한다.

이제 물음표와 느낌표에 대해 상상해 보자. 물음표는 갈고리처럼 생겼다. 무언가를 끌어당기기 위한 의지의 기호이다. 어쩌면 대답을 낚기 위한 문장 속의 낚싯바늘과도 같다. 탐구심과 호기심 덩어리이다. 물음표는 쉼표나 따옴표보다 가장 귀를 닮은 문장부호이다. 이 귀는 호기심과 궁금함으로 세상을 향해 활짝 열린 귀이다. 세상에 대한 궁금증으로 태아만 한 게 있을까. 물음표의 구부러진 몸통과 아래 점은 자궁 속 태아의 머리와 몸통처럼 보인다. 물음표는 새로운 생명, 새로운 가능성, 탄생 전의 미지에 대한 호기심을 상징하는 것 같다. 그래서 물음표는 봄을 닮았다. 봄의 생동감, 어리둥절함, 순수함이 물음표에서 느껴진다.

느낌표는 트램펄린 위에서 뛰는 사람 같다. 곧게 펴고 하늘로 뛰어오르는 몸을 닮았다. 장 그르니에의 『섬』을 읽고 가슴이 벅차 마구 뛰어갔다는 카뮈처럼 우리는 감정을 억제하기 어려울 때 뛴다. 풍선처럼 부풀어 오른 감정, 솟아오르는 마음, 고동치는 가슴, 느낌표는 이런 고양된 감정을 표현하는 도구이다. 크게 크게 몸을 부풀리는 기호. 그래서 느낌표는 악착같이 덩굴손을 펴거나 초록으로 반짝이며 생명력을 내뿜는 여름과 같다.

가을의 느낌을 주는 문장부호는 쉼표나 줄임표이다. 나무둥치에 몸을 기대고 아득히 펼쳐진 하늘을 바라볼 때 구름은 깃털처럼 가볍게 둥실, 둥실, 둥실 떠 있다. 그리고 마침표로 모든 것이 마무리되는 겨울을 표현한다.

하지만 삶의 마지막 순간은 물음표를 닮은 게 아닐까. 요양병원에 오래 계시다 돌아가신 어머님은 시트 아래서 늘 태아처럼 웅크리고 계셨다. 저 물음표의 모습으로. 삶은 깨달음이 아니라 물음이라는 듯이. 우리는 어디서 왔으며, 누구이고, 어디로 가는가, 끝없이 되묻는 물음.

배롱나무

출근길에 만나는 배롱나무 있다

간지럼나무라고도 하길래 가끔

간지러 주고 싶지만 곁눈질만 하고 간다

뒤통수가 간질간질하다

어느 날 바람이 간지럽혔나

푸하하 웃는다

귀밑이 빨개지도록 웃는다

그 웃음, 주변의 공기를 떨게 하고

떨림은 바람을 낳고

바람은 다시 배롱나무 배꼽을 겨드랑이를

자꾸 간질이고

배롱나무 더 크게 웃고

깔깔깔 붉게 소리 내어 웃고

퇴근길 웃고 있는 배롱나무 바라보려니

배롱나무, 나를 간질인다

겨드랑이를 배꼽을 발바닥을

함께 소리 내어 웃자고

함께 눈물 나도록 웃자고

—「간지럽다」 전문

◇◇◇

　내가 사는 아파트 앞 작은 공원에는 몇 그루의 제법 큰 벚나무와 배롱나무가 있다. 4월 초에 벚꽃이 화사하게 피었다 지고 나면 한동안 녹음이 우거지다가 두어 달쯤 지나면 배롱나무꽃이 피기 시작한다. 더위와 피곤함에 지쳐 돌아올 때 그 붉은 꽃을 보면 얼마나 기운이 나던지!.

　무성한 초록 속에 붉은 꽃 한 송이를 홍일점(紅一點)이라 한다지만, 내가 본 배롱나무는 그야말로 나무 한 그루 자체가 홍일점이었다. 여름꽃은 이미 지고 가을꽃은 아직 때 이른 시기, 천지사방이 짙은 녹음으로 초록 일색일 때, 배롱나무꽃은 태양처럼 붉게, 화사하게 피어나 눈길을 압도한다. 마치 이 계절의 유일한 주인공처럼. 무더위에 피는 강렬한 붉은 색이 오히려 무더위를 잊게 해준다.

　배롱나무는 흔히 백일홍(百日紅)이라 불린다. 꽃이 귀한

133

한여름, 7월부터 피기 시작하여 가을이 시작되는 9월까지 백 일 가까이 꽃을 피우는 그 끈질긴 생명력 때문이다. 고려 말 학자 이색은 이러한 배롱나무를 보며 "사시 내내 푸른 소나무 잎이라면/ 백 일 내내 붉게 피는 선경의 꽃이로다"라고 노래했다. 그리고 "서리와 눈을 겪으며 내 마음 더욱 고달픈데/ 여름부터 가을까지 꽃 모습 여전히 농염해라" 하며 백발의 자신과 대조되는 배롱나무의 붉음에 쓸쓸한 탄식을 보냈다. 백일홍이 지고 나면 여름은 확실히 저물고 가을이 다가오기 때문일까. 꽃 자체는 늦게 피어 오래도록 피어 있지만, 역설적으로 그 붉음은 여름의 끝과 인생의 절정은 길지 않음을 알리는 듯하다.

그래서 배롱나무꽃이 피는 철엔 가능한 배롱나무와 함께 노는 것이 좋다. 그 놀이 가운데 하나가 배롱나무 간지럼 태우기다. 배롱나무는 껍질이 얇아 만지면 간지럼을 탄다고 해서 간지럼나무라고도 불린다. 그래서 때때로 공원에 들러 나무를 간지럽히기도 했다. 나무는 정말 간지럼을 타는 것처럼 붉게, 더 붉게 변해서 꽃잎을 파르르 떨며 웃는 것 같았다. 어릴 때 친구끼리 서로 간지럽히며 먼저 웃는 사람이 지는 놀이를 하곤 했는데, 그렇다면 배롱나무는 맨날 지고 맨날 술래다. 쓸쓸함과 기쁨을 다 받아주는 저 어진 나무.

공원에는 누워서 타는 바구니 모양 그네가 있는데 가끔 그네를 타고 하늘을 보면 그 붉은 배롱나무꽃은 노을처럼 하늘 한쪽을 물들이며 붉은 손을 흔들어댔다. 안녕, 여름아. 안녕, 초록 잎아. 안녕, 물결처럼 흘러가는 시간, 시간아.

살구

내가 살구를 얼마나 좋아하는지

살구, 그 부드러운 이름을 들으면

얼마나 간지럼을 타는지

간지러워 재채기가 나는 오후

나는 어린 왕자처럼 의자를 움직여 가며

하늘이 살굿빛으로 물들어가는 걸 바라봐

살굿빛, 살색, 살의 안쪽

팔꿈치 안쪽의 희디흰 두근거림이 느껴지지

내가 살구를 얼마나 좋아하는지

잘 익은 살구를 쪼개면

과육과 씨앗이 깔끔히 분리되지

마음을 한 숟갈 덜어낸 것 같지

안녕, 우리 헤어졌던가

그게 언제 적 일인지

과육 안쪽에 새겨진 미세한 흔적을 더듬다

오래 껴안아 펴지지 않는 주름을

가만히 만져보게 되는 날

내가 살구를 얼마나 좋아하는지

살구, 그 소리를 들었을 때

입안 가득 따뜻하게 퍼지는 향기

따뜻하게 글썽이는

그러나 흐르진 않는 눈물

그래 어디서든 곡진하게 살아야지, 살구

—「살구」 전문

◇◇◇

어린 시절에 살구를 먹은 기억이 없다. 뜰에는 살구가 아닌 앵두나무가 있었다. "앵두나무 우물가에 동네 처녀 바람났네" 하는 김정애의 노래가 있는데, 단언컨대 처녀들은 앵두꽃이 아니라 그 열매에 홀렸을 것이다. 앵두는 전체적으로 꽃이 흰 편인데, 흰색은 단아하고 청초한 느낌이라 사람을 유혹하는 색은 아니다. 하지만 앵두 열매는 그 붉은 색이 요염하고 화려하고 탐스럽다. 그래서 고영민 시인은 「앵두」란 시에서 "그녀가 스쿠터를 타고 왔네/ 빨간 화이바를 쓰고 왔네"라고 앵두를 역전다방 미스 김처럼 표현했나 보다. 우리 집 앵두는 빛깔이 그렇게 고왔지만, 맛은 지나치게 시어 주로 앵두주를 담는 데 썼다.

깜밥할머니가 사는 옆집에는 커다란 자두나무가 있었다. 우리 앵두는 겨우 담을 넘을 만큼 왜소했는데, 옆집의 자두나무는 지붕을 덮을 만큼 크고 우람했다. 우리는 자두꽃이 피는 봄부터 여름 내내 옆집에 가서 놀았다. 또래가 있는 건 아니지만, 그 집 손자가 엄마의 수양아들이라 언제든 놀러 갈 수 있었다. 거기서 자두꽃과 자두 열매를 밥과 반찬 삼아 소꿉놀이를 했다. 크고 맛있는 자두를 실컷 먹을 수 있었기 때문에 장에 간 엄마는 굳이 살구라는 대체재를 사 오지 않은 것 같다.

살구나무는 대순네 집 올라가는 산비탈에 있었는데 가지만 몇 개 뻗은 작은 나무였다. 그 옆에 비등비등한 복숭아나무도 있었다. 나는 복숭아꽃보다 살구꽃이 더 좋았다. 김용택 시인은 「그 여자네 집」이란 시에서 그 여자네 집을 '살구꽃이 피는 집'이라고 하였다.

"살구꽃이 피는 집/ 봄이면 살구꽃이 하얗게 피었다가/ 꽃잎이 하얗게 담 너머까지 날리는 집/ 살구꽃 떨어지는 살구나무 아래로/ 물을 길어오는 그 여자 물동이 속에/ 꽃잎

138

이 떨어지면 꽃잎이 일으킨 물결처럼 가 닿고 싶은 집"

정말 이런 집은 복숭아꽃 아닌 살구꽃이 어울린다. 분홍 복숭아꽃은 너무 요염하고 아양스럽고 홀리는 것 같은데, 연분홍색이 비칠 듯 말 듯한 살구꽃은 부드럽고 수줍고 순한 느낌이다. 물동이에 살구꽃이 떨어진다니, 우리 옆집의 자두나무처럼 아주 큰 살구나무였겠다. 살구도 많이 열렸으리라.

살구를 처음으로 접한 것은 과일이 아니라 씨다. 울산에 오자마자 심한 기관지염에 걸렸는데, 살구씨가 기관지염에 좋다고 해서 그 가루를 꿀에 섞어 먹었다. 한약방에서 본 살구씨는 둥글고 단단하고 매끈해서 정말 살구(공기)를 하기에 꼭 알맞아 보였다. 행인(杏仁)이라는 살구씨의 한자 이름도 마음에 들었다. 그래서 살구를 처음 먹게 되었을 때 꼼꼼히 들여다보고 천천히 음미하며 먹었다. 사실 모양이 너무 예뻐서 먹기가 아까웠다.

살구는 손안에 꼭 쥐어지는 크기다. 살성은 부드럽고 매끈하다. 피부색을 살색이라 표현하는 것이 차별적이라고 해서 살구색으로 바꾸었다지만, 사실 살구색은 살빛보다 조금 더 붉고 진한 편이다. 오히려 연하게 깔린 노을빛을 닮았다. 아득한 서쪽으로 엷게 펼쳐진 구름을 물들이며 비단처럼 드리워진 빛. 그 빛깔만으로도 살구는 좋아할 만한 가치가 있는 과일이다.

살구는 핵과류치고는 즙이 없는 편이라 물컹거리지 않아 좋다. 무엇보다 살구의 미덕은 과일을 쪼갰을 때 과육과 씨앗이 잘 분리되는 데 있다. 자두나 복숭아는 씨앗에 과육이 붙어있어 먹고 난 뒤가 지저분하다. 달콤하고 즙이 많아 천상의 맛이지만, 다 먹고 난 뒤 손에 과즙을 뚝뚝 흘리며 미끈거리는 복숭아씨를 들고 버릴 곳을 찾아 두리번거릴 때는 난감하기 이를 데 없다. 하지만 살구는 그렇지 않아 깔끔하고, 단정하다.

쪼갠 살구의 안쪽을 보면 고운 무늬가 물결처럼 나 있다. 끊어진 미로 같기도 하다. 씨앗이 있던 뚜렷한 흔적. 가시의 자국이 빗살처럼 선명한 물고기 화석이 생각난다. 그 흔적은 문득 우리를 아득한 기억으로 이끈다. 장롱 밑에 오래 두어 펴지지 않는 스란치마의 주름 같은 기억.

발

발은 허공에 드리워져 있다
풍경의 안쪽에 그늘이 진다
물풀 사이로 아가미와 지느러미가 숨듯
햇볕이 발의 헐거운 구멍에 숨어 있다

색깔도 그러하다
울타리 안의 양 떼나
한낮의 파초잎처럼
한결 풀이 죽어있다
팔레트 위의 물감들처럼
구멍의 건너편이 뭉개져 있다

향기만이 저 구멍의 경계를 넘을 것이다
오후가 실눈을 뜨고

발가락 사이로 모래처럼 흘러내릴 때

문득 여름의 향기가 건너온다

모네의 그림을 바라보듯

적당히 뒤로 물러설 때

발은 허공에 모란 한 송이를 피워낸다

—「발」 전문

◇◇◇

우리 집 현관에는 푸른 실로 짠 발이 걸려 있었다. 발에
는 커다란 모란 몇 송이가 수놓아져 있었는데, 가까이 가면
숭숭 뚫린 구멍만 보이지만 적당히 떨어져서 보면 구름 같
은 모란 송이가 뚜렷이 보였다. 마치 모네가 그린 수련이 가
까이서 보면 분홍이나 흰색의 물감 덩어리지만 얼마큼 떨
어져 보면 아름다운 수련으로 보이는 것처럼. 화단에는 없
는 파란 모란이 여름이면 현관 입구에서 피어났다. 하늘과
바다를 닮은 파란색으로.

잔구멍 때문에 일정한 거리에서야 문양이 드러나는 발
은 경계나 관계에 대한 어떤 사유로 이끈다. 안과 밖의 경
계, 보임과 가림의 경계, 지나가는 것과 걸리는 것의 경계.
발은 바람은 보내고 먼지는 걸러낸다. 고요는 보내고 소란

은 걸러낸다. 빛과 향기는 보내고 색은 걸러낸다. 가까이 가면 풍경이 보이고 멀리 떨어지면 풍경이 가려지고 발이란 한 사물이 보인다. 여름이 다 가기까지 현관이나 창에 드리워져 있으니, 발은 여름과 가을의 경계에 걸려 있는 셈이다.

발은 커튼과 다르다. 커튼을 치면 그것이 비치는 재질이 아닌 담에야 밖의 풍경은 지워지고 안과 밖은 분리된다. 그러나 발은 보이면서 가려지고 가려지면서 보이기 때문에 안과 밖은 서로 섞인다. 커튼이 양철로 된 문이라면 발은 사립문이다. 얼기설기한 싸릿대 사이로 안에서 밖을, 밖에서 안을 넌지시 볼 수 있다. 가리되 가려지지 않는다. 가려지지 않되 가려진다.

요즘은 인간관계도 발과 같아야 하지 않을까 하는 생각이 든다. 너무 가까이 다가서서 온갖 감정을 쏟아내다 보면 발의 아름다운 문양이 사라지는 것처럼 서로의 장점은 사라지고 실망이나 짜증이 는다. 의도적으로 멀리하다 보면 냉랭한 관계가 된다. 서로 꽃을 보고 향기를 맡을 수 있는 적당한 거리가 좋다. 적당한 그 거리가 얼마만큼인지 그게 문제지만 말이다.

작은검은꼬리박각시나방

꽃댕강나무 그늘 아래 푸르게 날갯짓하는
벌새를 보았다, 긴 혀를 채찍처럼 뻗어
꿀샘에 담그고 필사적으로 공중부양하는
강렬한 심장의 펌프질이 나를 요동치게 한다
그 동중정이 더 힘겹다
아니, 그것은 벌새가 아니다
작은검은꼬리박각시라는
제 혀처럼 긴 이름의 나방이다
박각시는 박복한 헌 각시 같아
갈색의 얼룩무늬 남루해 보이지만
제 몸 더욱 맹렬히 떨며
일 초에 오십 번의 날갯짓으로 정지 비행하여
고단한 한 모금의 성찬
한 끼의 공양을 위해

댕강꽃 슬쩍 고개 숙여준다

그럴 땐 꽃댕강나무꽃 안에선

댕강 댕그렁 무수한 종이 울리고

내 마음에도 종소리의 파문이

일 초에 오십 번씩 오십 번씩

고요히 훑고 지나가는 것이다

—「작은검은꼬리박각시나방」 전문

◇◇◇

몇 해 전 아파트 근처 텃밭에서 벌새를 본 적이 있다. 쉼 없이 날갯짓하며 노란 쑥갓꽃 위에서 긴 혀를 뻗어 꿀을 먹고 있었다. 그 모습이 하도 감동적이어서 오래 넋을 놓고 보고 있었는데, 나중에 알고 보니 그것은 벌새가 아니라 작은검은꼬리박각시나방이라는 긴 이름의 곤충이었다. 우리나라에는 벌새가 살지 않는단다. 정말 아쉬운 일이다.

벌새는 새 중에서 가장 작고 가장 뛰어난 비행 실력을 자랑한다. 벌새를 영어로 'Hummingbird'라고 하는데 콧노래를 흥얼거리듯 낮게 윙윙거리는 새라는 뜻이다. 날개를 일 초에 60회 이상 빨리 움직이기 때문에 벌처럼 윙윙거리는 소리가 나서 벌새란 이름이 붙었다고 한다.

작은검은꼬리박각시나방은 벌새와 정말 흡사하게 생겼다. 벌새가 워낙 작으니, 박각시나방의 크기도 벌새와 차이가 나지 않는다. 혀가 채찍처럼 길어 그것을 구부려 넣고 꿀샘의 꿀을 빠는 것도 닮았다. 통통한 몸이 공중에 떠 있기 위해 쉼 없이 날갯짓하는 모습도 텔레비전에서 본 벌새와 닮았다.

그런데 나비도 아닌 나방이라니 일종의 환상이 깨진 느낌이다. 검색해 보니 송충이를 닮은 애벌레 사진도 나왔다. 정말 이 녀석은 새가 아닌 곤충이다.

한참 뒤 꽃댕강나무 가로수에서 다시 그 나방을 보았다. 댕강나무는 낭창낭창한 줄기에 연분홍의 작은 종 모양 꽃이 피는 관목으로, 보통 도로 가운데 심어 중앙분리대 역할을 하거나 큰 가로수 사이에 자리 잡아 인도와 차도를 구분해주는 식물이다. 댕강나무꽃도 배롱나무꽃처럼 제법 오래 핀다. 여름에 피기 시작하는데 가을을 지나 겨울까지 핀다. 어쩌면 우리 주변에서 가장 오래 피는 꽃이 아닌가 싶다. 향기가 좋아서 도심의 소음과 매연을 뚫고 이런 곤충을 불러들인다.

하긴 시끄러운 아스팔트 도로에 벌새가 나타날 리 만무하다. 하지만 벌새가 아니면 또 어떠랴. 박각시는 우리에게

경이로움을 주고 꽃가루받이도 돕는 이로운 곤충이다. 이름이 박각시인 것도 주로 호박이나 박, 오이 같은 박과 식물의 꿀을 빨러 오기 때문이란다. 박과 식물에 각시처럼 예쁘고 좋은 일을 해서 박각시란 이름이 붙었단다. 꿈보다 해몽 같지만, 박가시란 이름이 좀 박복한 이미지였는데 유래를 들어보니 그런 느낌이 줄어들었다. 오히려 하얀 박꽃 위에 날아드는 밤의 나비 같은 낭만적인 그림이 그려진다.

더구나 박각시는 공중에서 정지 비행을 하기 위해 일 초에 오십 번씩 날갯짓한다고 한다. 그러니 그 고단함을 아는 댕강나무꽃이 좀 편히 꿀을 빨라고 슬쩍 고개를 돌려줌 직하다. 아무리 꽃이 아름답고 향기로워도 박각시가 없다면 도심에서 곤충을 만나기가 쉽지 않을 테고 가루받이도 여의치 않으리라. 그래서 박각시가 나타나면 댕강나무꽃에서 댕강 댕강 댕그렁 작은 종소리가 나는 듯하다. 온몸을 흔들며 맞이하는 환영의 종소리가.

147

다시 듣고 싶은 소리

묻어 둔 소리를 찾으러 가야 했다
임금님 귀는 당나귀 귀라고 말한 이발사의 소리처럼
목을 간지럽히던 소리는 강가에 억새로 돋아났다

저곳은 말의 목마장
하고 싶던 말이 떼로 몰려 있다
억새가 맨발로, 봉두난발로 무리 지어 있다

이른 봄의 강물과 억새는 서로 닮아서
하얗게 빛나고 반짝거리고 부서진다
급히 겨울을 빠져나오려 아우성치며 들뜬 몸을 부딪
친다

억새가 몸을 털자 소리가 쏟아졌다

구름이나 안개, 새의 날개 같은

　　저 소란스러운 소리의 덩어리 가운데 내가 묻어 두었
던 소리를 찾을 수 없다

　　어떤 소리는 빠르게 멀어지고

　　어떤 소리는 물의 입자처럼 발끝에 떨어진다

　　흙을 헤집어 소리를 묻고

　　나는 그 소리를 찾으러 다시 이곳에 와야 한다

　　봄 강물에 소리의 씨가 떠가고 있다

―「묻어 둔 소리」 전문

◇◇◇

　　아무 소리도 들리지 않는데 개가 귀를 쫑긋할 때가 있
다. 우리 귀에는 들리지도 않는 발소리에 개는 벌써 몸을 일
으키고 꼬리를 흔든다. 개가 들을 수 있는 음역이 인간의 경
우보다 거의 3배에 달한다고 하니 들리지 않는 소리에 민감
하게 반응할 만도 하다.

　　우리가 듣지 못하는 음역의 소리를 생각해 본다. 지구는

상상할 수 없을 정도로 빠르게 돌기 때문에 엄청나게 시끄러운 소리를 낸다는데 우리는 들을 수 없다. 만약 우주의 진공 상태를 넘어 별들이 움직이는 소리를 들을 수 있다면 그 소리는 어떻게 들릴까. 박쥐나 돌고래는 초음파로 소통한다는데 초음파는 또 어떤 소리일까. 어떤 대나무는 하루에 60cm 정도 자란다고 한다. 그처럼 빨리 자란다면 소리가 날 법도 한데, 식물이 자라고 뿌리 내리고 새싹을 틔울 때는 어떤 소리가 날까.

소리 너머의 소리. 듣지 못하는 불가청음은 이처럼 다양하다. 하지만 우리가 들을 수 있는 소리도 매우 다양하다. 소리는 자연의 소리와 인공의 소리, 계절에 따른 소리, 시간에 따른 소리 등 여러 가지로 나눌 수 있지만 듣기 싫은 소리와 듣기 좋은 소리로 나눌 수도 있다. 물론, 이건 매우 주관적이다.

보통 듣기 싫은 소리의 으뜸으로 유리창이나 칠판에 무언가 긁히는 소리를 꼽는다. 쇠못으로 유리창을 긁는다면, 그 뾰족하고 날카로운 소리가 소름을 돋게 한다. 자동차가 달리는 소리, 경적, 끼익하고 바퀴 갈리는 소리 등 도로 위의 소음도 듣기 싫다. 복도에서 개 짖는 소리나 악쓰는 소리, 무언가 깨지는 소리도 우리를 불안하게 한다. 천둥소리,

태풍이 불 때 유리창을 흔드는 바람 소리, 사납게 몰아치는 빗소리는 듣기 싫은 소리라기보다 두려움을 주는 소리이다.

반대로 듣기 좋은 소리도 있다. 흔히 마른 논에 물 대는 소리, 아이가 젖 빠는 소리, 아이의 글 읽는 소리를 듣기 좋은 소리 세 가지로 꼽지만, 소리에 의미를 부여하지 않고 순수하게 우리 몸이 반응하는 감각적 소리로 따진다면 역시 부드럽고 자연스러운 소리가 듣기 좋다. 얼음이 풀리며 자갈돌 위를 구르는 개울물 소리, 끊어질 듯 이어지며 살금살금 내리는 빗소리, 보글보글 찻물 끓는 소리, 타닥타닥 장작 타들어 가는 소리도 좋다.

소리도 시각적 즐거움이 있어야 더 좋게 들린다. 장작 타는 소리를 귀로만 듣는 것보다, 불을 직접 쬐면서 빨간 불이 날름거리며 장작을 삼키고 장작이 검게 숯으로 변해가는 모습을 볼 때 얼마나 즐거운가. 나는 특히 아궁이에 불을 땔 때 나는 소리를 좋아한다. 뒷산에서 해온 나무는 솔잎, 갈잎, 나뭇가지, 나무둥치 등 제각각이라 소리도 제각각이었다. 갈잎은 하르르 소리를 내며 빨리 타들어 가고, 솔가지는 느리게 촉촉하게 타들어 간다. 청솔가지가 탈 때는 보글보글 작은 거품까지 이는데, 매캐한 연기와 빨갛게 타들어 가는 나뭇가지의 모습, 그리고 하르르, 타닥타닥, 치직치직하는 소리가 오케스트라처럼 다양해서 좋다.

뒷산에 부는 바람 소리도 좋아하는데, 바람에 나뭇잎이 뒤집혀 까불까불 춤추는 모습을 보면 바람의 존재를 더 실감 나게 느낄 수 있다.

마음 맞는 친구들과의 담소는 어떤가. 도란도란, 조곤조곤, 나직나직한 목소리로 서로 이야기를 나누다 갑자기 까르르 웃음보가 터질 때, 아, 듣기 좋은 소리는 일방이 아니라 쌍방의 것임을 확연히 느낀다. 연주회에서 음악을 감상한다고 할 때 관객은 악기의 소리를 듣지만, 연주자도 관객의 반응을 살피면서 연주한다. 그리고 연주 사이의 고요함. 사실 침묵이 소리의 휴지라면, 침묵이야말로 어떤 소리보다 깊은 소리이다.

듣고 싶은 소리도 있다. 정약용이 친구들과 들었다는 연꽃 피는 소리. 정약용은 친구들과 죽란시사(竹欄詩社)란 시 모임을 만들고 연꽃이 피는 철에 서대문의 연지에 가서 새벽에 배를 띄우고 연꽃이 피는 소리를 들었다고 한다. 청개화성(聽開花聲). 꽃 피는 소리를 듣는다니, 얼마나 낭만적인가. 새벽안개 속에서 여기저기 연꽃이 툭툭 터지는 소리는 꽃이 아니라 새벽이 열리는 소리, 어쩌면 개벽의 소리처럼 들리기도 했겠다.

콩나물 껍질 터지는 소리도 듣고 싶다. 지인이 어린 시절, 할머니가 방안에서 콩나물을 길렀는데 물에 통통 불은 콩 껍질이 톡톡 터지는 소리가 났다고 한다. 검은 천을 씌운 콩나물시루에서 한꺼번에 콩 껍질이 터지는 소리는 온몸의 신경을 쏠리게 하는 미세하지만 근사한 소리였겠다. 콩나물은 콩의 새싹이니, 콩 껍질 터지는 소리는 사실 새싹의 소리 아닌가. 꽃 피는 소리와 새싹이 벌어지는 소리를 녹음이라도 해서 같이 들을 수 있다면 가히 대단한 자연의 합주일 것 같다.

눈 내리는 소리도 다시 듣고 싶다. 흔히 함박눈이 펑펑 내린다고 하는데, 펑펑은 아니지만, 눈의 결정이 바닥에 떨어질 때 나는 소리가 있다. 김광균 시인이 "먼 곳에 여인의 옷 벗는 소리"라고 표현한 사륵사륵, 혹은 사각사각하는, 비단 치마 스치듯 가볍고도 섬세한 소리. 눈 결정은 빈틈이 많아 그 틈으로 소리를 흡수하기 때문에 눈이 내리는 날에는 사위가 조용한 편이다. 그 고요함 속에서 커다란 눈송이가 다른 눈송이 위로 내려앉으며 내는 아, 침묵보다 가벼운 소리.

그러고 보니 내가 듣고 싶은 소리는 들릴 듯 말 듯한 소리, 소리 아닌 소리, 소리를 넘어선 소리인 것 같다. 주의 깊게 귀를 기울여야 겨우 잡힐 수 있는 지극히 고요하고 섬세하며 다정한 소리.

　하지만 정말 다시 듣고 싶은 소리는 부모님의 목소리 아닐까. 아버지는 들어오실 때 꼭 큼큼하는 헛기침으로 당신이 돌아오심을 알렸는데, 그러면 우리는 보던 만화책을 재빨리 숨기고 공부를 하는 체했다. 아버지는 모든 걸 알면서도 우리의 민망함을 덜어 주려고 일부러 헛기침을 하셨나 보다. 나지막하면서도 목을 울리는 듯한 그 헛기침 소리가 정말 다시 듣고 싶다. 그리고 엄마. 엄마의 소리는 모든 게 그립다. 요새 밈이 되어 버린, 그리 급하면 어제 오지 그랬슈? 하는 느린 충청도 사투리. 오랜만에 고향에 가면 친인척의 근황과 마을의 대소사를 다 전해주던, 그리고 가끔 촌철살인의 지혜를 한 마디씩 얹어주던 그 목소리가.

　시간이 지나면서 주변의 소리도 자연의 소리에서 도시의 소음으로 바뀌고, 얼굴이 변하는 것처럼 사람의 목소리도 나이가 들어감에 따라 변하는데, 가슴 깊이 박힌 부모님의 목소리는 여전하다. 손가락에만 지문이 있는 게 아니라 목소리에도 지문이 있는 게 아닐까. 변하지 않고 새겨진 어떤 무늬가. 그래서 사무치게 그리운 날, 그 소리의 지문을 가슴께로 꾹꾹 눌러 보는 것이다.

얼음의 역사

얼음은 결정(結晶)이다

얼음이 어는 순간

얼음의 운명은 결정(決定)된다

피로에 지친 외치[*]가 피 묻은 옆구리를 대고 눈 위에

누웠을 때

눈 위에 켜켜이 눈이 쌓이고

오천 년간 계속 내려 쌓이고

눈과 피가 얼음의 결정을 만들기로 결정하였을 때

얼음송곳이 물레 바늘처럼 눈꺼풀을 찔렀을 때

외치는 긴긴 얼음의 잠에 빠진 것이다

그 얼음 왕국, 삼만 년 전의 공기 방울을 가두고

천 년 전의 꽃가루를 거두고

삼백 년 전의 먼지를 잡아들여

얼음의 역사를 쓰는

저토록 많은 이야기를 시리게 끌고 다니는

얼음의 자연사박물관에

통째로 전시되고 있다

그리고 마터호른을 오르던 스무 살의 두 청년**

절정의 순간에 얼음의 결정에 갇혀

얼음의 잠에 깊이깊이 빠져든

유리를 깨고 얼음에 입맞춤하고 싶은

하얀 꽃의 얼굴이

마침내 발,견,된,다

—「얼음의 역사」 전문

◇◇◇

   텔레비전을 보다가 얼음에 관한 흥미로운 사실을 알게
되었다. 얼음에도 지층이, 엄밀히 말하면 빙층(氷層)이겠지
만, 있어서 그 얼음의 층을 통해 당시의 기후 환경을 알 수
있다고 한다. 얼음의 밀도와 얼음에 섞여 있는 꽃가루, 미세
먼지, 흙, 털 등을 분석해 당시 기온과 번성했던 동식물 등

---

* 1991년 알프스산의 빙하에서 발견된 기원전 3,300년 전 신석기시대의 미라. 일명 아이스맨.
** 2015년 스위스의 마터호른 빙하에서 45년 전 실종된 일본인 등반가 마사유키 고바야
시(21세)와 미치코 오이카와(22세)의 유해가 발견되었다.

을 추정할 수 있다는 것. 그러니까 얼음의 역사는 얼음에 기억을 밀봉한 지구의 역사, 인류의 역사이다. 일 년 내내 얼음이 녹지 않는 영구동토층이나 빙하가 있는 나라에선 얼음이 거대한 서고나 수장고 역할을 할 수도 있겠다.

온전히 얼음이나 만년설로 뒤덮인 빙야(氷野)나 빙하를 직접 본 적은 없지만, 얼어붙은 폭포나 눈 덮인 벌판을 통해서도 얼음의 세계에 대해 상상해 볼 수 있다. 무엇보다 사람이 접근하기 어려우니 얼마나 고요할까. 오래오래 내리고 쌓인 눈은 사실 적막과 고요함에 짓눌려 얼음으로 변하는 것은 아닐까. 그리고 그 차가움. 살아있는 것의 움직임을 느리게 만드는, 천천히 움직이다 결국 멈추게 하는 뼛속까지 시린 차가움. 얼음 위에 눈이 내리고 눈은 다시 얼음으로 변하며 시간조차 얼어붙어 흐르지 못하는 어쩌면 영원히 청춘인 시원의 얼음층.

얼음은 이처럼 많은 생각을 하게 한다. 특히 만년설에 뒤덮인 히말라야의 산들은 가끔 실종 사고가 일어나서 차갑고 고요하고 무서우리만치 냉정한 얼음의 모습을 보여준다. 1924년 조지 맬러리와 앤드루 어빈, 두 영국 산악인은 에베레스트 정상 부근에서 실종되었고, 한국 산악계의 거봉이었던 박영석 대장은 2011년 안나푸르나 남벽에서 새로운 루트를 개척하다가, 김홍빈 대장은 2021년에 브로드피크에서 하산하다가 실종되었다.

그런데 최근 지구 온난화로 고산의 빙하가 빠르게 녹으면서 얼음에 갇혔던 시신이나 실종되었던 산악인의 유해, 유품이 발견되는 경우가 잦아진다고 한다. 1991년엔 알프스에서 신석기인의 미라인 아이스맨이 발견되었다. 아이스맨은 어깨에 화살을 맞아 사망한 것으로 추정되는 45세 정도의 남자이다. 가죽옷, 동으로 만든 도끼, 내장, 치아와 뼈, 문신한 피부까지, 아이스맨은 자연 건조된 세계에서 가장 오래된 빙하 미라이다. 조지 맬러리는 1999년, 빙하가 후퇴하면서 75년 만에 시신이 발견되었다. 거의 미라처럼 변했지만, 몸 상태는 비교적 온전했고 옷과 장비도 잘 보존되었다고 한다. 2015년엔 마터호른에서 일본인 두 등반가의 유해가 45년 만에, 2016년엔 1966년 추락했던 인도 수송기 잔해와 시신 일부가 발견되었다. 히말라야를 함께 오르다 실종되었던 셰르파들의 유해도 자주 발견된다고 한다.

빙하가 녹으면서, 실종되었던 이들의 이름은 다시 불리면서 가족과 마침내 이별할 기회를 얻는다. 이러한 주검의 드러남은 빙하가 품고 있던 기억의 재현이다. 2017년엔 스위스인 부부가 75년 만에 빙하에서 발견되었는데, 스위스

정부에서는 이를 두고 '얼음 속의 영혼이 돌아왔다.'라고 표현하였다. 그들은 여전히 젊다. 아이스맨은 5,000년의 세월이 흘렀지만 45세의 나이에, 일본인 등반가는 45년이 지났지만 영원히 20대 초반의 꽃 같은 나이에 머물러 있다. 얼음은 얼음의 기억을 가두고, 얼음의 기억을 잊지 않는다.

하지만 빙하의 후퇴는 지구 온난화에 대한 섬뜩한 경고이기도 하다. 2000년대 초반 MBC에서 방영한 <북극의 눈물>, <남극의 눈물>은 빙하의 후퇴를 지구의 눈물에 비유한 환경 다큐멘터리다. 빙하의 후퇴가 일시적으로 기억의 복원을 가져올지 몰라도, 기억의 금고는 영원하지 않다. 마음껏 탕진하다 텅 빈 통장을 마주한다면, 그 내일이 없는 막막함에 얼마나 끔찍할까. 더구나 시간은 가역성이 없고, 얼음의 역사도 돌이킬 수 없으므로.

박영석 대장과 함께 등반했던 신동민, 강기석 대원, 그리고 김홍빈 대장의 유해는 아직 발견되지 않았다. 다른 유해의 발견 소식이 들릴 때마다 안타깝고 아쉽다는 생각도 든다. 하지만 그들은 아직 순결한 얼음 속에서 영원한 청춘으로 남아 있고, 단단한 얼음의 역사 속에 비밀스럽게 봉인되어 있다. 그래서 언젠가 그 밀서가 도착할 때 우리의 기쁨이 더 클 것이다.

고래가 전한 이야기

세네카 인디언들은 고래를

지구별의 역사가라 믿는다는데

인간이 물비늘 털고 바다를 떠날 때

고래가 태초의 바다 이야기를 전했다는데

그 아득한 기억 잊지 않으려

고래의 언어로 불러온 것, 그게 노래 아닐까

지금도 눈을 감고 바다를 노래하면

음의 파도를 타고 저 멀리 헤엄쳐 오는

      고래   고래

고래   고래   고래

—「고래」 전문

◈◈◈

고래를 본 적이 있다. 벌써 20년 전인가. 설악산 가는 길에 속초 근처 바다에서, 바다를 가르며 튀어 오르는 수십 개의 물보라를 보았다. 돌고래 떼였다. 돌고래들은 물 밖으로 솟구쳤다 다시 자맥질해 들어가며 하얀 물결을 남기면서 제법 오랜 시간을 우리와 같이 북으로 향했다. 가볍게 몸을 솟구치며 즐거운 듯 뛰놀던 고래들. 지금도 생각하면 벅차고 뭉클한 장면이다. 그 후 여태껏 고래를 보지 못했다. 몇 해 전 고래 탐사선을 타고 제법 멀리까지 가보았지만 차가운 바닷바람만 가득 안고 돌아왔다. 고래는 바다와 육지를 통틀어 몸집이 가장 큰 동물이지만 그 커다란 몸을 쉬이 드러내진 않는가 보다.

왜 그렇지 않겠는가. <나무를 심은 사람>으로 유명한 캐나다의 애니메이션 작가 프레데릭 백의 <위대한 강>은 세인트로렌스강 하구 바다생물들의 운명을 보여주는 애니메이션이다. 처음엔 바다코끼리, 대구, 고래가 들끓던 북미 바다의 풍요로운 모습이 나온다(화면엔 '득시글득시글'이란 표현이 어울릴 정도로 많은 생명체가 보인다). 하지만 화면은 이내 어두워지면서, 북미 대륙에 유럽인들이 들어와 바다를 유

161

린하고 생명을 학살하는 모습을 보여준다. 무수한 고래들이 고기와 기름을 공급하기 위해 작살에 맞아 죽어간다. 고래와 인간의 공존이 깨지는 순간이다.

세네카 인디언의 전설에 의하면 원래 고래는 두 발 달린 짐승인 인간의 조상으로, 인간에게 지구의 역사와 바다의 이야기를 가르쳐 주었다고 한다. 고래와 인간이 서로 소통을 하며 가르침을 전수하는 관계였다는 것이다. 그렇다면 고래는 인간의 조상이자 스승이자 동반자였다는 의미인데, 오랜 시간이 지난 오늘날에는 사냥꾼과 사냥감, 몰이꾼과 먹잇감, 심지어 구경꾼과 노리개의 관계로 상황이 갑자기 변하고 말았다. 그러니 아무리 고래가 몸집이 크다 해도 인간에게 쉽게 모습을 드러낼 리 없다.

고래처럼 덩치가 큰 생물들은 지금 같은 상황에서는 생존하기가 더 힘들다. 상아를 얻기 위해 남획된 탓도 있지만, 먹잇감과 서식지를 구하기 어려워 절멸의 위기에 몰린 코끼리를 생각해 보라. 물론 고래가 멸종 위기에 빠지자 관련국들은 1946년에 국제포경규제협약을 맺어 고래잡이를 제한하고 있고 1986년부터는 상업적인 고래잡이를 금지하고 있다. 우리나라도 아직 고래잡이가 허용되지 않는다. 하지만 고래를 보호하기 위해서는 좀 더 세심한 노력과 주의가 필요하다.

고래는 고기나 기름을 얻기 위한 유용성도 유용성이지만 그 존재가 주는 상징적인 의미도 크다. 거대한 생명체가 광활한 바다에서 뛰어논다는 이미지가 주는 원시성, 역동성, 자유, 청춘, 꿈과 같은. 사실 송창식의 노래 <고래사냥>이나 배창호 감독의 동명의 영화가 크게 인기를 끌었던 것도, 80년대 당시 암울했던 현실에서 벗어나 바다에서 뛰노는 고래와 같은 자유와 비상을 꿈꾸던 젊은이들의 열망이 반영된 결과일 것이다. 그러므로 더 많은 고래가 번식하고 회유하여 푸른 동해에서 헤엄치길 바란다. "신화처럼 숨을 쉬는" 고래가 넘쳐나는 바다는 상상만으로도 가슴 벅찬 일이다.

겨울 산에서 하늘과 악수하기

거기 호랑이 있었다지

호랑이 굴 있었다지

날 좋은 날 호랑이는 새끼들 데리고

옹기종기 볕바라기 했다지

어떤 때는 은월봉 지나 삼호산 지나 신선산 지나

한달음에 내달렸다지

말갈기 같은 동해의 파도 바라보며

솔바람에 허리의 땀을 씻었다지

남산뿐이랴

조선 산엔 호랑이 천지였다지

조선 산은 호랑이를 닮았지

겨울 산을 보면

커다란 호랑이가 웅크리고 있는 것 같지

포효하며 내달리는 것 같지

이제 남산 호랑이도 웅크리고 볕을 쬐다 잠들었지

길고 긴 잠이지

너그럽기도 해라

우리가 그 등을 타고 오르내려도

툭툭 장난을 쳐도

가끔 가르릉거리며 잠꼬대할 뿐

그때마다 태화강은 물비늘 일으키며 반짝거리고

솔바람은 여전히 등허리 간질이며 불어오고

발밑에 툭, 솔방울 하나 떨어지고

그건 모두 저 호랑이의 숨결 때문

호랑이의 기운 때문

—「남산에 호랑이가」 전문

◇◇◇

　빙평선(氷平線)이란 말을 처음 들었을 때는 무슨 배의 이름인가 싶었다. 얼음을 깨면서 나간다는 쇄빙선처럼 얼음 위를 달리다 바다를 만나면 다시 물 위에 뜨는 미래형 배의 모습을 생각했다. 알고 보니 빙평선은 저 먼 곳에서 얼음과 하늘이 닿는 얼음의 평원, 얼음의 지평선이자 수평선이다. 바이칼 같은 넓은 호수에는 빙평선이 보인다고 한다.

사실 국토의 70%가 산이라는 우리나라는 빙평선은 고사하고 지평선도 보기 어렵다. 몇 해 전 우리나라에서 가장 넓다는 김제 평야에 간 적이 있는데, 벼가 누릇누릇 익어가는 가을 벌판으로 붉은 해가 뉘엿뉘엿 지는 모습이 장관이었다. 시야가 거칠 것 없이 트여서 얼핏 지평선을 보았다고 생각했는데, 차를 달리자 그것은 금방 사라지고 이내 듬성듬성 낮은 산이 나타났다. 탁 트인 벌판이 이리 귀하다 보니 연암이 드넓은 요동 벌을 보고 '가히 울 만한 땅'이라고 감탄할 만도 했겠다. 더구나 연암은 봉황산이나 청석령 같은 험준한 산악지대를 보름 이상 헤매다 광활한 벌판으로 나오게 되었으니 더욱 감격했을 것이다.

우리가 지평선이나 수평선을 보고 감탄하는 것은 하늘과 땅, 혹은 물의 드넓은 만남에 있다. 내가 서 있는 땅이 희미하게 멀어지고 내 위의 하늘이 가물가물 펼쳐지다 그 끝에서 서로 만나니, 마치 우주의 막막한 입술이 고요히 다물린 것처럼 멀고 아득하여 우리에게 어떤 감동을 준다.

하지만 하늘은 한 획의 수평으로만 내려앉는 게 아니다. 하늘과 땅은 낮은 언덕이든 험준한 산이든 어느 모습으로든 만나지 않는가. 특히 하늘과 만나는 산의 모습, 산을 품은 하늘의 모습은 매우 다채롭다. 우리나라 산은 능선을 따라 둥글게 이어지는 편인데, 그 모습이 대체로 사람의 얼굴 모습이다. 산의 능선을 따라 선을 그어 본다면 그 형태가 이마와 콧잔등과 입술과 턱, 가슴까지 사람의 옆모습처럼 보이는 경우가 많다. 해남 미황사 뒤편의 달마산처럼 부처의 모습이거나 한라산 꼭대기처럼 여인이 누운 모습인 경우도 있다. 한라산은 제주를 지었다는 선문대 할망이 공사를 다 마친 뒤 산꼭대기에서 잠이 들어 그런 모습을 하게 되었다고 한다.

이런 모습은 산을 멀리서 조망했을 때의 모습이고, 조금 더 가까이 다가가 보면 이제 나무가 눈에 들어온다. 이건 겨울 산에서 확연히 드러나는데, 산정의 나무가 거의 비슷한 수종이라 그런지 나무들이 비슷한 간격, 비슷한 크기, 비슷한 모습으로 자란다. 멀찌감치 떨어져 보면 가지런히 깎은 머리칼처럼 보인다. 겨울 산 정상의 나무들은 모판의 모처럼 가지런하다. 빡빡 밀었다 어느 정도 자라난 중학교 때 오빠의 뒤통수처럼 고르다.

하지만 무엇보다 겨울 산의 모습은 호랑이를 닮았다. 눈이 내린 뒤 골짜기엔 하얗게 눈이 쌓이고 능선의 상고대는 이내 바람에 날려 검은 가지가 드러날 때, 그 검은 나무는 호랑이의 줄무늬가 되어 멀리서 보면 영락없이 한 마리 호랑이다. 그러니 우리나라 겨울 산은 산마다 호랑이 한 마리씩 웅크린 것 같고, 산들이 연이어 어울렁더울렁 산맥을 이루고 있는 경우가 많으니, 산을 따라 호랑이가 달리고 있는 형세이다. 호랑이를 산군이라고도 하고 산신령이라고도 하여 우리를 보호하는 신령스러운 존재로 여겨서 사찰에 그들을 기리는 산신각이 있기도 하니, 저 산들의 호랑이가 우리를 지키고 보호하는 게 아니고 무엇이랴.

그 우뚝한 기세는 봄바람에 눈이 녹고 나뭇가지에 새싹이 움트면서 사라지는 것 같지만, 그때 호랑이는 비로소 잠을 자고 휴식을 취하며 저 엄동설한의 시기에 우리를 지킬 힘을 비축하는 게 아닐까.

이제 조금 더 가까이 가서 산속에 들어가 보자. 잎 진 겨울나무 사이로 흐린 하늘이 보인다. 가을하늘이 위로 아득히 높게 펼쳐진 하늘이라면, 겨울 하늘은 아래로 무겁게 가라앉은 하늘이다. 그 색이 잎을 떨군 회갈색 나무와 비슷하다. 보호색 같다. 그러니까 겨울 산과 겨울 하늘은 거의 비슷한 색으로 언뜻 구별되지 않는다. 겨울엔 산과 하늘이 함께 일망무제다.

하지만 나무를 자세히 보면 가지들이 마치 악수하려고 내미는 손 같다. 나무는 하늘에, 하늘은 나무에 손을 내밀며

악수한다. 잎을 떨군 나무나 뭉게구름이 사라진 하늘이나 저들은 이 겨울에 함께 쓸쓸한 것이다. 그래서 저리 손을 내밀어 다정히 악수하거나 온몸으로 껴안고 있다.

지평선과 빙평선을 만나긴 어렵지만, 우리 땅에서 능선의 모양, 나무의 자태, 바위의 웅장함에서 산이 이루는 선은 다양하다. 겨울 산은 산과 하늘이 만나는 그 선의 아름다움과 기상을 느끼기에 좋다. 가히 울 만하진 않을지라도 가히 사색에 잠길만하다. 코끝이 쨍한 겨울의 맑은 날과 더불어 그 사색은 고요하고도 명징하다.

겨울 산에 올라 나도 하늘로 손을 뻗어 본다. 손가락 사이로 겨울 하늘의 손이 잡힌다. 그 손을 꼭 쥐어 본다.

화요문학이 있었다

火曜日에 시를 배웠다

성모 다방 구석에 앉아

황동규와 황지우와 황인숙을 읽으며

시가 불의 바퀴처럼 굴러가기를

겨울나무가 봄나무에 불을 전하면

시가 고양이 눈처럼 타오르기를

이제 보니 火에서 人은 장작이 아니라 사람이다

불씨 사이에 사람이 있다

불씨를 전달하는 사람

시인은 사람들 사이에 시의 불씨를 전달하는 사람이다

그래서 火는 和이자 話이고 花이며 畵이다

禾이기도 하다

樺라면 좋겠다는 생각도 한다

자작나무 껍질에 시를 새긴다면

바람이 불 때마다 읽어 줄 것이다

화요일은 모든 요일이다

여전히 시의 날이다

—「화요일」 전문

◇◇◇

'화요문학'은 대학교 때 문학 모임이다. 서정주는 「자화상」에서 "나를 키운 것은 팔 할이 바람"이라고 했지만, 내 시의 원천은 팔 할이 화요문학 아닐까 싶다.

그리하여 화요가 들어가는 말을 생각해 본다. 화요 소주가 떠오른다. 17도부터 53도까지 선택의 폭이 넓은 화요 소주는 국산 쌀 100%로 만든 증류식 소주로 흔히 전통과 현대가 조화를 이룬 맛이라고 한다. 화요(火堯)는 소주의 한자(燒)를 파자하여 만들었다. 화요(火曜)는 아니지만, 귀에 정답게 감긴다. 가수 박화요비가 떠오른다. 화요일과 자신의 분야 R&B의 B를 따서 이름을 지었다는 데 그 노래처럼 개성 있고 지적이며 고급스럽다.

프랑스 시인 말라르메는 '화요회'란 모임을 만들어 젊은 예술가들의 지지를 받았다. 오스카 와일드, 릴케, 지드, 베를린, 발레리, 모네와 세잔 같은 문인, 화가들이 그의 집을 찾았다. 화요일의 모임은 말라르메에게 창작의 원천이고 교류의 장이었던 셈이다.

우리 화요문학도 말라르메의 화요회에서 영감을 얻은 것은 아닐까. '화요'에는 타오르는 불처럼 무언가 격정적이고 열렬한, 순수하고 낭만적인 이미지가 있다. 아마 대학 시절에 만나서일까, 담소보다는 밤새워서 하는 토론과 논쟁 같은 청춘의 느낌이 있다. 성모다방 구석에 모여있던 알코올과 독서로 눈이 붉던 선배들. 그래서 화요문학에 들어오면 세례 수반에 든 청정한 물처럼 맑은 소주로 입교식을 하고, 나중엔 저도 모르게 평생을 시에, 문학에 복무하겠다는 저 엄숙하고도 순정한 맹세를 하게 된다. 성경 대신 아끼는 시집을 들고. 그때 그 시집이 김명인의 『東豆川』이었나, 최승자의 『이 時代의 사랑』이었나, 황동규의 『三南에 내리는 눈』이었나, 엄혹했던 시절이라 몰래 복사해서 읽던 신동엽의 『錦江』과 브레히트의 『억척 어멈과 그 자식들』이었나.

내게 시의 길을 보여준 게 고등학교 때의 '돌샘'이란 문학 모임이라면 시의 길로 이끌어 준 것은 화요문학이다. 아, 나는 화요일마다 말라르메의 아파트를 찾던 문학청년처럼 성모다방을 들락거렸다. 문을 열 때의 두근거림. 그 두근거림을 좇아 여기까지 왔다.

< 4부 >

**마침내
지구에서
가장 중요한 곳에
도착했다**

도요지

오래전 도요지라는 곳은 나무들이 가마의 입을 막고
등을 눌러 감쪽같이 야산의 기슭으로 돌려놓았다

그 산기슭은 가끔 바다가 조개껍질 토해놓듯
눈두덩 퍼런 여인이 슬쩍슬쩍 팔에 두른 금붙이 자랑
하듯 낙엽 밑에 도자의 파편 드러낸다

불의 기운 견디지 못하고 숨을 토한 굽접시와 막사발
과 대접의 살갗들
그대로 박살 낸 도공의 결기가 모여 이룬 것
도자의 살갗엔 아직 소름이 돋아 있다

김해박물관 유리 너머 패총에도 금니 박힌 듯 토기 조
각이 박혀 있다 폐기물과 폐기물이 보석처럼 전시되어

있다

쓸만한 건 누군가에게 흘러가고 저 쓰레기 더미에서
우리는 삶의 안쪽을 만진다
앙다문 이빨처럼 우둘두둘한 결핍을
어느 서책에도 기록되지 않은
막사발에 담긴 막걸리, 막걸리 위에 뜬 어느 날의 달
빛을

—「도요지」 전문

◇◇◇

옛 물건을 들고나와 가치를 매기는 <진품명품>이란 프
로그램이 있다. 가끔 대접이나 사발 같은 그릇, 협탁 위에
두는 도자기가 나오는데, 이 도자기의 값이 병풍이나 민화,
공예품 등 다른 물건보다 월등히 높은 편이다. 도자기는 깨
지기 쉬워서 온전한 형태로 남아 있기가 어려워서일까? 고
려청자나 조선백자가 완전한 상태 그대로 남아 있다면 그
가치가 상당히 높을 것이다. 혹은, 우리가 고려 시대의 대표
적 예술품으로 청자를 들고 조선 시대에는 백자를 드는 것
처럼 도자기는 당대 미의식의 정점을 나타내는 기준일 수

도 있다. 그래서 박물관에서도 도자기는 시대를 가름하는 중요 미술품으로 집중 조명을 받으며 눈에 잘 띄는 곳에 전시되는 편이다.

도자기는 흙과 물, 불, 공기의 4원소가 조화를 이루어 상호작용을 하며 만들어진다. 보이지 않는 침투와 화학적 융합 속에서 고요하게 빚어진다. 도자기의 둥근 표면은 물처럼 매끄럽다. 오래 만지고 있으면 서서히 차가움이 가시면서 어떤 호흡, 어떤 맥박, 어떤 미세한 떨림이 감지되는 듯도 하다.

오래전 통도사 서운암에서 도자기 가마에 불 들이는 것을 구경한 적이 있다. 가마는 무덤처럼 둥근 형태가 네 번 이어지는데, 옆에 구멍이 있어 도자기를 넣고 빼게 되어있다. 얼핏 커다란 애벌레 같은 모습이다. 앞쪽에는 불을 때는 문이 있고 두꺼운 철판이 문 앞에 놓여 있다. 입구는 오랜 시간 불에 그슬려 까맣다.

전통적 방식으로 불을 때는 장작 가마는 하루나 이틀 정도 예열해서 가마를 건조하고 덥혀 둔다. 온도를 급격히 올리면 도자기가 깨지기 때문이다. 그리고 장작을 계속 넣으며 이틀이나 사흘 정도 불을 땐다. 온도가 오르고, 붉은 불빛이 가마 안을 물 들이기 시작하면, 장작이 조금씩 사라지고 그 자리에 도자기가 나타난다. 그런 다음 이삼일에 걸쳐 온도를 서서히 낮추며 도자기를 식힌다.

장작 가마는 불꽃이 직접 닿고, 재(灰)가 유약처럼 작용해 자연스럽고 은은한 '회유(灰釉)' 효과가 발생한다. 그리고 불의 흐름에 따라 도자기 색과 질감이 달라진다. 도공은 불과 연기의 색으로 온도를 판단하며 도자기를 굽는다. 이러한 '감'을 잡는데 수십 년의 기법과 공력이 필요하다. 이처럼 도자기는 물과 불과 공기와 흙이 어우러져 빚어진다.

그래서 도요지는 좋은 흙과 물, 불을 얻을 수 있는 곳에 정해진다. 고려청자를 생산했던 강진 사당리 도요지는 하천이 강진만으로 흘러드는 계곡 입구에 있다. 고령토와 도석이 풍부하고, 유약에 필요한 송진, 회분, 철분, 규석 등의 자원도 인근에서 구할 수 있었다. 또 산지에 가마를 두어 장작 확보가 쉬웠으니 네 가지 원소가 숨 쉬는 천혜의 요지인 셈이다. 여주나 이천, 광주 등 도자기로 유명한 지역도 모두 마찬가지이다.

지난 초봄엔 언양읍 삼동면 하잠리의 도요지를 다녀왔다. 조선 중기부터 후기까지 분청사기와 백자를 활발히 생산한 곳이라고 한다. 근처에 대곡천이 있어 양질의 점토가 풍부하고, 산기슭에 위치해 땔감을 구하기 쉬웠을 것이다.

산이 바람을 막아주어 공기의 흐름이 유순해서 불땀이 잘 들었을 터이고.

낙엽 사이로 언뜻언뜻 도자기 파편이 보였다. 낙엽을 들추고 자세히 보니 분청사기인지 회색빛 그릇 파편이 많았다. 대접, 접시, 종지, 항아리, 병, 벼루 등을 만들어서 중앙은 물론 지방의 유력층이 사용하였다는데, 주로 굽도리 파편이 눈에 많이 띄어 그럴 리는 없겠지만, 내 눈에는 그저 막사발 조각처럼 보였다. 아마 내가 막사발을 좋아하기 때문인가 보다.

막사발은 '앞뒤 헤아리지 않고 닥치는 대로, 되는 대로, 아무렇게나, 함부로'라는 뜻의 '막'이 붙은 것처럼, 도기든 옹기든 특별한 기교 없이 막 만들어서 편하게 사용하던 그릇을 통칭하는 말이다. 밥그릇, 국그릇, 찻잔 등으로 쓰였지만 막사발에는 역시 막걸리가 제격이다. 울산엔 '태화루'라고 하는 전국구 막걸리가 있으니 태화루 이전에도 막걸리를 많이 빚었을 것이다.

언양 장을 오가며 옹기를 팔다 막사발에 막걸리를 부어 마시며 다리쉼을 하는 옹기장이를 생각해 본다. 아니면 모처럼 장에 와서 고등어 한 손을 옆에 끼고 돌아가다가 동네 사람들을 만나 막사발에 막걸리 추렴하는 농군을 생각해 본다. 김정한 소설 「사밧재」에서 아픈 누이를 위해 배미술과 수시엿을 들고 가는 노인처럼 아픈 딸을 위해 약첩을 갖다주고, 돌아오는 길에 주막에 들러 막사발에 막걸리를 마시는 중노인을 생각해 본다.

　막 걸러냈다고 해서 막걸리라고 부른다지만, 술이 발효되는 데는 그만한 시간이 필요한 법이고 막사발 같은 도자기가 만들어지는 데도 그런 시간이 필요하다. 물과 불과 흙과 공기가 어우러지는 시간이. 허물어진 가마터에서 도자기 파편을 발견하고 초봄의 상큼한 공기를 느끼며 오래된 시간의 숨결과 지금, 이 순간이 맞닿는 자리에 잠시 멈춰 서 본다.

폐가와 산수유나무

산수유 마을에 산수유 보러 갔다가

노랑나비 떼 느리게 날아간 뒤 바닥에 남은 그림자처럼

물기 빠진 노란빛 위에 골조만 남은 폐가 한 채 만났다

그 집 허물어 가슴에 다시 세우고

이제 늦은 더위 가운데서 구멍 숭숭 뚫린 남은 문까지

활짝 열어 보았다

어느 봄이 저 폐가의 기와를 훔쳐 갔나

어느 봄이 산수유 꽃술처럼 두근거리는 심장을 터뜨

렸나

바람이 늦골을 지나자 녹슨 칼 써억써억 갈아대듯 흉

통에 진저리친다

햇살이 통증의 솔기를 털어낼 때

산수유, 저도 제 옷 선뜻 벗어 집의 벗은 몸 덮어주었다

마당귀 버려진 흰 사발에 쌓이는 적막한 봄 햇살처럼

집의 맨발을 덮는 저 아래 꽃꽃꽃

올려다보면 마악 옷을 떨구는 꽃꽃꽃

풍경이 낡은 경첩처럼 삐걱거리며 접힐 것 같았다

길을 걷다 문득 나 닮은 얼굴 만나서 멈칫멈칫 뒤돌아보듯

수유 같은 세월 겹쳐졌다

물끄러미 물끄러미 들여다보는

반쯤 열리거나 닫혀있는

이미 비스듬히 기울어 아귀 맞지 않는,

—「늦은 산수유」 전문

◇◇◇

4월 중순 무렵, 군위의 대율리 돌담 마을 골목을 걷는다. 이 마을은 7년 전 한여름에 한 번 온 적이 있다. 그때는 잘 몰랐는데 이곳은 산수유로 유명하다고 한다. 정말 멀리서 가까이서 노란빛이 돌담 위로 자욱하게 번져 있다. 봄의 가

운데를 지나며 라일락이며 배꽃이며 박태기나무며, 온갖 꽃들도 온갖 색으로 피어 있어 눈이 즐거웠다. 마을 안쪽으로 들어서니 담쟁이와 노박덩굴이 연둣빛 싹을 내밀고, 담장엔 하양, 보라, 자주색 으름 꽃이 한창이다.

시간은 연둣빛 싹에서 잎으로 잔가지에서 굵은 가지로 바뀌며 식물을 더 무성하게 하고, 돌담에 낀 이끼가 버짐처럼 점점 번져 돌담을 더 낡고 깊게 만들었다. 하지만 이전과 달리 군데군데 빈집이 눈에 띈다. 인구 감소의 여파는 약한 고리부터 치고 들어간다. 이사는 갔으되 이사는 오지 않은 집. 든 사람은 몰라도 난 사람은 안다는 속담이 집이라고 다를까? 농촌의 빈집은 마당의 넓이만큼 허허롭다.

빈집은 인가 사이에 자리 잡아 얼핏 눈에 띄지 않는다. 여느 집처럼 담장 안에 꽃들이 환하기 때문이다. 윤제림 시인은 "울타리에 호박꽃 피었고/ 사립문 거적문 저렇게 활짝 열려 있으면/ 주인이 멀리 안 갔다는 표시였다./ 금방 돌아온다는 표시였다.//……// 뒤꼍엔 말나리 피었고/ 방문 창문 저렇게 활짝 열려 있으면/ 주인이 멀리 갔다는 표시다./ 다시 돌아오지 않는다는 표시다."라고 사람이 사는 집과 빈집을 구별하였다. 사람이 가꾸는 꽃과 야생에서 저 혼자 피고 지는 꽃의 차이, 집과 바깥의 경계를 이루는 사립문과 방과 마당의 경계를 이루는 방문의 차이.

하지만 아직 오래되지 않아 잘 여며진 빈집이라도 자세히 살펴보면 알 수 있다. 온기가 닿지 않는 빈집은 벌레 먹은 치아처럼 우묵하다. 조금 더 낡고 조금 더 비틀리고 조금 더 후줄근하다. 그리고 조금 더 서늘하다.

빈집의 꽃들이 눈길을 끄는 것은 아무도 돌봐주지 않아도 저 혼자 피고 지는 처연함 때문이다. 집은 조금씩 낡아가는데 꽃과 나무는 늘 청춘의 한 시절처럼 아름답게 피고 우거지니 그 대비도 가슴 아프다.

돌담 마을의 빈집 가운데 유난히 눈길을 끈 것은 담장 밖으로 산수유꽃이 그득 핀 작은 폐가였다. 담장이 낮아서 집안이 훤히 보이는 그 집을 그냥 빈집이 아니고 폐가라고 한 것은, 기와는 다 걷어내고 지붕의 뼈대만 남았기 때문이다. 튼튼하고 멋스럽고 구하기 어려워 옛날 기와가 잘 팔린다더니, 정말 한 장의 기와도 남아 있지 않았다.

기와가 없으니 햇빛이 속수무책으로 들이친다. 비와 눈도 그러할 터이다. 햇빛을 받는 쪽의 밝음과 닿지 않는 쪽의 어둠이 뚜렷이 구분되어 기와가 없는 빈집은 돌이킬 수 없이, 확고부동하게 폐허로 향한다.

벌써 문짝도 뜯기고 지붕의 뼈대도 무너지고 있다. 비료인지 거름인지 쌓아놓은 포대는 머지않아 실밥이 터질 것 같고, 다만 포대 위와 옆의 빨간 고무통 두 개만 보초처럼 꿋꿋하게 자리 잡고 있다. 비바람과 햇빛에 바랜 나무의 거무죽죽함, 포대의 희끄무레함, 고무통의 불그죽죽함에 마당귀 풀의 푸르죽죽함이 더하니 폐가는 한낮에도 을씨년스러웠다.

그런데 이 집 담장에 핀 산수유꽃이라니! 이른 봄의 산수유꽃은 봄을 알리는 축포를 터뜨린다. 자세히 보면 큰 폭죽 끝에 작은 폭죽이 연이어 달려 프랙털 구조를 이룬다. 산수유꽃이 활짝 핀 나무는 그대로 커다랗고 노란 불꽃 덩어리인데, 가지 끝의 꽃송이 하나하나도 작은 폭죽을 터뜨리는 것이다. 물론 산수유꽃철은 이미 지나 꽃은 찬란한 황금빛을 잃고 물기 빠진 노란색으로 변해 있었다. 꽃가루도 거의 날아가고 화심을 감싸는 대만 남아 저 골조뿐인 폐가와 아연 닮았다.

박후기 시인은 「빈집」이란 시에서 "벽마다 균열이 뿌리 내리고,/ 문이란 문 모두 열어젖힌 채/ 깊은 한숨 쉬는 이 집의/ 마지막 주인은 죽음이다 어차피/ 사람들은 손님처럼 왔다 갈 뿐,/ 죽음만이 주소지를 옮기지 않는다" 하고 빈집의 소멸에 대해 예견하고 있는데, 아마 이 집도 그럴 것이다. 머지않아 집의 척추와 늑골이 무너지고 마당의 풀은 봉분 위의 잔디처럼 집의 잔해를 덮을 것이다. 그때 저 산수유나무는 어찌 될까. 굽은 등으로 집의 임종을 지키며, 그래도 소임을 다 했으니 흙으로 자연으로 기쁘게 돌아가라고 저노란 꽃을 폭죽처럼 터뜨릴까나, 꽃비처럼 뿌릴까나. 스러지는 것과 피어나는 것이 한데 어울려 영원한 삶의 순환을 노래하듯이.

미황사

그가 몸을 일으키자 무릎과 어깨에서 불꽃이 일었다
불붙은 떨기나무 앞에 선 듯
저 경지에선 나도 신발을 벗고 싶어진다
나무 아래는 푸른 머위들이
불꽃의 화엄에 눈을 맞추고 치마를 펼쳤다
인드라망처럼 펼쳐진 소도의 영역
검은 돌을 싣고 오래전 건너온 대해를 닮았다
검은 돌을 부수며 소 한 마리 나온다

나무의 몸을 열고 불꽃이 나온다
소 드러눕는 곳, 탑이 세워지고
불티는 파랑 위로 쏟아진다
이곳은 금강의 첨두, 화염의 혓바닥
뜨거운 맨발로 파랑 위에서 춤을 춘다

나무는 저 소신(燒身)을 이 한 철 멈추지 않을 것이다

한나절 저 나무와 마주한다면 신성한 불티가 나를 태우겠다

꽃의 불티를 받아 수첩 갈피에 끼운다

스스로 써 내려가는 신성문자,

봄, 불꽃, 봄, 파랑, 봄, 춤, 봄, 미황사

―「미황사」 전문

◇◇◇

지난 사월에 미황사(美黃寺)에 다녀왔다. 미황사는 해남의 유명한 사찰인 대흥사의 말사로 해남군 송지면 달마산 아래 자리 잡은 절이다. 마침 코로나 거리 두기가 해제되어 사찰 진입로부터 사람들이 넘쳐났다. 노랑, 분홍, 빨강, 갖가지 등산복 차림이 꽃처럼 곱다. 활기가 느껴진다.

'달마산미황사(達摩山美黃寺)'란 편액이 걸린 일주문으로 들어서니 긴 계단이 나온다. 초파일이 멀지 않아서인지 계단을 따라 색색의 연등이 걸렸다. 꽃받침이 펴지거나 오므린 것을 서로 다르게 표현할 만큼 정교한 연등은 사천왕상을 모신 천왕문까지 길게 이어졌다.

사천왕은 불법을 수호하는 수호신으로 흔히 부릅뜬 눈에 무서운 표정을 하고 마귀를 밟고 서 있는 형상인데, 미황사의 사천왕상은 좀 특이하다. 선비처럼 갸름하고 단아해 보이는 얼굴에 발밑에 마귀 대신 검은 소, 토끼, 용, 원숭이가 있다. 사천왕이 이들을 밟는 게 아니라 이들이 사천왕을 받들고 있는 모양새이다. 이들은 미황사를 상징하는 동물들이라는데, 특히 검은 소는 미황사의 창건 설화와 관련이 있다.

사적비에 따르면 신라 경덕왕 때 금빛 사람이 경전과 불상, 검은 돌, 탱화를 실은 돌배를 타고 사자포(지금의 갈두항) 앞바다에 닿았는데, 의조 화상이 돌을 부수고 나온 소 등에 이것들을 싣고 가다가 소가 드러누운 골짜기에 세운 절이 미황사라고 한다. 아름다운 소 울음소리(美)와 금빛 사람(黃)에게서 한 글자씩 가져와 미황사라고 했다는 것이다. 금빛 사람은 우리와 피부색이 다른 서역이나 인도 사람으로 추정되는데, 허황후가 아유타국에서 파사 사탑을 싣고 왔다는 설화와 더불어 불교의 남방 전래설을 뒷받침하는 근거로 들기도 한다.

소 울음소리를 확인할 수는 없지만, 그것이 아니라도 미황사는 정말 아름다운 사찰이다. 선비풍의 사천왕상도 눈에 띄지만, 사천왕문 가운데 윤장대가 자리 잡은 점도 독특하다. 윤장대는 불경을 넣어둔 경통으로 손잡이가 있어 돌릴 수 있다. 티베트의 마니차처럼 글자를 모르거나 경전을 읽을 여유가 없는 사람이 이것을 돌리면 업장이 소멸하고 공덕을 쌓을 수 있다고 한다. 미황사의 윤장대는 팔각 면마다 국화와 연꽃, 모란 등 꽃을 새겨 넣은 아름다운 조형물이다.

사천왕문을 나서니 자하루가 나타난다. 자하루는 미황사 미술관으로 이용되고 있다는데 그래서인지 자하루 편액의 글씨도 예술적이다. 입구 옆에는 커다란 달마상이 미황사 뒤에 병풍처럼 둘러선 달마산을 바라보고 서 있다. 석상이지만 퉁방울눈과 커다란 코, 머릿수건과 수염까지 영락없이 그림 속의 달마상이다. 원래 달마대사는 남인도 향지국의 왕자로 대단한 미남이었다고 한다. 그런데 이무기 사체 썩는 냄새로 고통받는 마을 사람을 위해 잠시 영혼이 몸을 빠져나와 이무기에게 들어가 있을 때 지나가던 신선이 그 몸을 차지했다. 나중에 달마대사를 만난 신선이 다시 몸을 돌려주겠다고 했지만 달마는 이대로 됐다며 받지 않았다고 한다. 만약 원래의 몸을 받았다면 해학과 개성이 넘치는 달마상을 못 볼 뻔했으니 천만다행이랄까.

자하루를 지나면 수리 중인 대웅보전 대신 임시로 마련한 법당이 나온다. 조립식 건물에 유리문을 단 임시 법당 뒤에 미황사의 중심, 보물 947호인 대웅보전이 있다. 대웅보전은 대웅전의 격을 높여 부르는 것으로, 대웅전이 석가모니불 좌우에 문수와 보현보살을 협시불로 모시는 데 비해 아미타불과 약사여래불을 모신다고 한다. 대웅보전은 작년부터 약 3년에 걸쳐 해체복원 공사에 들어갔다. 일명 '천일의 휴식'. 일일이 해체한 뒤 원래 모습으로 복원하는 대공사인데, 우리가 갔을 때는 여기저기 비계 파이프가 설치되어 뒷부분만 볼 수 있었다. 대웅보전 천장에 그려져 있다는 산스크리트어와 천불도를 보지 못해 서운했다. 미황사가 바닷가에 있어서 풍어를 기원하기 위해 거북이, 문어, 게 등 바다 동물을 새겨 넣었다는 주춧돌을 둘러보지 못하는 것도 안타까웠다.

하지만 대웅보전 처마는 볼 수 있었다. 처마는 단청이 모두 벗겨져 나무의 결이 다 드러나는데, 풍상을 견뎌낸 세월의 흔적이 묻어나는 것이 그냥 그대로 아름답다. 언젠가 카드 점을 치는 사람이 나한테 행운의 색이 나무색이라고 한 적이 있다. 나무색이라니? 나무야말로 잎과 뿌리와 줄기의 색이 얼마나 다양한가? 무엇보다 색상환엔 나무색이란 색이 없다. 그런데 칠이 벗겨진, 미황사 대웅보전 처마를 보니 나무색이 무엇인지 알 것 같다. 그건 시간을 견뎌낸 인고의 색이고 아무것도 걸치거나 치장하지 않은, 내면에서 스며 나온 나무 본연의 색이다.

대웅보전 옆에는 지장보살과 시왕을 모신 명부전이 자리 잡고 있다. 명부전과 대웅보전 사이의 담 옆에서 붉게 타오르는 꽃나무 한 그루를 보았다. 진달래인지 영산홍인지, 잎은 아직 안 나고 온통 꽃, 꽃, 꽃뿐이라 마치 나무에 불이 붙은 것 같다. 모세가 보았다는 불붙은 떨기나무가 이런 형상이 아니었을까. 나무 아래는 초록 머위가 지천이라 그 위에 떨어진 꽃잎이 청홍의 대비를 이루며 눈부시다. 떨어진 꽃잎을 주워 수첩 사이에 끼웠다. 그리고 저 꽃나무를 수미산, 머위 군락을 수미산을 둘러싼 대해라 상상해 본다.

대웅보전 뒤의 삼성각을 거쳐 가장 나중에 둘러본 곳이 응진당이다. 석가모니의 제자인 나한을 모시는 응진당은 미황사 끝자락 높은 곳에 있다. 그래서 응진당에서 바라보면 멀리 해남의 땅끝마을이 보인다. 사찰 건물의 기왓골이 파도처럼 굽이치다 가물가물한 땅끝마을과 맞닿은 듯이 보인다. 원근법이 일으키는 가벼운 착시. 미황사가 풍어와 관계된 사찰이라면 저 착란의 기운으로라도 만선의 꿈을 이룰 수 있다면 좋으리라.

육지의 가장 끝에 자리 잡았다는 미황사. 불상, 바위, 석

191

양빛이란 삼황의 아름다움이 조화를 이루었다는 미황사. 늦은 아침에 도착해 점심 녘에 미황사를 떠나게 되어 석양의 아름다움을 보진 못했다. 남도의 금강산이라는 달마산의 정상인 불썬봉과 바다를 물들이며 지는 석양은 얼마나 아름다울까. 천일의 휴식이 끝날 때쯤, 이 아름다운 땅끝마을 사찰에 꼭 다시 올 수 있기를.

마침내 지구에서 가장 중요한 곳에 도착했다

— 니체 생가에서

그곳에서 무엇을 보았냐고 묻는다면

삼월의 눈을 보았다고 하겠네

초봄의 눈이 발자국마다 돋아나

설탕처럼 깔렸다고 말하겠네

잘 구운 사탕 과자 같은 갈색 지붕에서

천 개의 눈동자를 보았다고

눈동자들은 우리의 어깨에 묻은 여덟 시간의 시차를

유심히 바라보며

그건 등불의 기름이 졸아드는 시간이라고

등불 아래서 그대는 긴긴 편지를 쓰고

노란 색종이로 별을 접고 있겠지

벽장의 낡은 가죽 구두를 보라색 크로커스에 신겨주고

우리가 함께 삼월의 눈 사이를 미끄러져 갈 수 있다면

오, 누이여 너의 몸이 눈물처럼 녹아내릴 때

나는 별 하나를 나뭇가지에 걸어두겠어

곡예사처럼 공중에 매달린 별, 저것은 별의 승천인가
몰락인가

못 위에 넥타이를 걸듯 목을 걸었던 사람은

중력에 사로잡힌 것인가 초월한 것인가

크로커스 위에 삼월의 눈이 내릴 때

눈송이마다 은방울꽃 같은 설강화가 필 때

말해 보겠네, 겨울과 봄을 통 안에 넣고 마구 굴려

눈을 감고 뽑아내는 어떤 손에 대하여

별의 입자 사이를 빠져나가는 바람의 머리칼에 대하여

―「별이 하나」 전문

◇◇◇

살다 보면 뜻밖의 행운을 만나게 되는 때가 있다. 여러
날 우중충했던 날씨가 문득 비가 그치고 찬란한 태양이 비
치는 것처럼. 그때 흰 구름이 연못 위의 오리들처럼 둥실 떠
있으면 더욱 좋다. 독일의 삼월 날씨는 눈비가 번갈아 오다
갑자기 해가 들다 또다시 비가 뿌리는 변덕스러운 날씨인
데 그날 내내 날이 좋았다면, 그리고 그런 날 니체의 생가까
지 방문하게 된다면 큰 행운의 날인 셈이다.

니체의 고향은 라이프치히 근교의 뢰켄이다. 170명 정도가 살고 있다는 뢰켄은 아름답고 조용한 시골 마을인데, 큰길에서 마을 안쪽으로 100여 미터 들어가다 보면 만나게 되는 왼쪽의 붉은 벽돌집이 니체 생가이다. 입구의 문에는 '당신은 마침내 지구에서 가장 중요한 장소에 도착했다.'라는 다소 도발적인 문구가 적힌 포스터가 붙어있다.

문을 들어서면 푸른 풀밭이 펼쳐져 있고 초봄의 꽃인 하얀 설강화가 군데군데 피어 있다. 푸른 하늘과 흰 구름, 뜰의 풀밭과 설강화가 하늘과 땅의 어떤 조응을 생각하게 한다. 뜰 안쪽으로 검은 지붕의 이층집과 붉은 지붕의 안채가 보였다. 이 붉은 지붕 집을 니체 기념관으로 꾸며 놓았다.

자원봉사자인 안내원은 한국어는 물론 영어도 하지 못해서 그저 세 개의 방에 전시된 전시물을 둘러보는 것으로 만족해야 했다. 주로 책과 사진들인 전시물 가운데 눈에 띄는 것은 벽에 벽감을 만들고 전시한 니체의 가죽 신발 한 짝이다. 니체는 건강상의 이유로 바젤 대학의 교수직을 그만두고 이 년간 이탈리아 여행을 떠나는데, 그때 자신의 소지품을 대부분 정리하였다. 그래서 기념관에 니체의 개인 물품이 거의 없는 편이라 가죽 신발은 반가운 전시품이다. 두통과 정신병으로 평생을 괴로워했던 니체의 삶에 대한 상징일까, 신발은 하도 낡아서 앞부분이 터지고 너덜너덜했다.

뒤뜰에는 묘지 옆에 서 있는 니체의 입상이 보인다. 처음 방문하는 사람들은 이곳이 니체의 묘인 줄 알고 참배를 하는 편인데, 실은 2000년에 니체 사망 100주년을 기념하여 만든 클라우스 메서슈미트의 조각이다. 청동 위에 하얀 코팅을 한 실물 크기의 니체 상은 어머니와 팔짱을 끼고 있는 니체, 그리고 벌거벗고 서 있는 두 명의 니체가 자신의 장례식에 참석한 모습을 표현하였다. 이것은 1889년 친구 야코프 부르크하르트에게 보낸 편지에서 언급한 "이 가을에 나는 내 장례식에 두 번 참석했고 가능한 한 옷을 거의 입지 않았습니다."라는 꿈의 내용을 형상화한 것이라고 한다.

실제 니체의 묘는 아버지가 목사로 재직하던 집 근처, 마을 교회 옆에 있다. 뢰켄에서 태어난 니체는 라이프치히 대학을 졸업한 뒤 실력을 인정받아 스위스 바젤 대학에서 철학을 가르쳤다. 하지만 가족력인 두통과 정신병, 안통은 니체를 괴롭혔고, 1889년 이탈리아 토리노에서 쓰러진 뒤 정신병원에 입원하여 생애 마지막 십 년을 보낸다. 벨라 타르 감독의 영화 <토리노의 말>에 의하면, 니체는 토리노에서 채찍질 당하는 말을 끌어안고 흐느껴 울다 혼수상태에 빠지고, 이틀 뒤에 겨우 '어머니, 저는 바보였어요.'라는 한

마디 말을 한 뒤 입을 다물었다고 한다. 니체는 채찍질 당하는 말을 자신과 동일시한 것일까. '신은 죽었다.'고 선언한 니체이지만 이 일화에서는 오히려 가시관을 쓰고 매질을 당한 예수의 이미지가 떠오른다.

니체는 1900년에 바이마르에서 죽었고, 사후에는 누이동생 엘리자베트에 의해 고향인 뢰켄의 아버지 묘 옆에 묻혔다. 묘는 총 세 기인데, 왼쪽부터 니체, 여동생, 아버지의 것이라고 한다. 묘 주변은 아주 낮은 담을 두르고 안쪽에 화단을 가꾸었다. 담 밑에는 묘지에서 흔히 볼 수 있는 사이프러스 나무가 몇 그루 있고, 화단에는 노란 수선화가 피어 무심히 한들거렸다.

니체의 집 정문 안쪽에 큰 나무가 있다. 하늘이 너무 깨끗해서 바라보다가 나무에 걸린 커다란 별을 발견했다. 멀리 있어서 무엇으로 만든 것인진 모르지만, 얼핏 보기엔 노란 색지로 접은 것 같다. 대지와 하늘의 중간에 걸린 별. 차라투스트라의 핵심 사상은 어떤 한계에도 굴복하지 않는 초인, 위버멘쉬에 대한 긍정이다. 별은 한계를 벗어나고자 하는 갈망의 표현일까, 아니면 대지에 사로잡힌 존재와 초월하는 존재의 경계에서 결국 중력을 벗어나지 못하리라는 인간 한계의 표현일까. "하늘에 계신 우리 아버지, 당신은 그냥 거기 계시옵소서. 우리는 땅 위에 남아 살겠나이다."
자크 프레베르의 기도문처럼 우리는 대지에 사로잡힌, 땅 위에 남아 살아가야 하는 존재인 것을 수긍한다면, 나무에 매달린 별은 그럼에도 불구하고 살아가야 하는 인간의 숙명을 떠올리게 한다. 네 운명을 사랑하라는 니체의 '아모르 파티(운명애)'를.

울타리를 뛰어넘으려다 결국 넘지 못하고 울타리에 걸려 오도 가도 못하지만, 그곳에서 바라보는 세상은 울타리 안에서보다 확장된 것이다. 봄이 오는 들판과 갈아엎은 검은 흙이 보인다. 마을에서 멀어지면서 점점 가늘어지다 마침내 사라지는 길. 멀리 마을 밖으로 나가는 버스를 탈 수 있는 정거장이 보인다. 그러면 우리는 울타리 위에서 꿈을 꿀 수 있으리라. 울타리 안에서는 생각지도 못했던 길의 끝까지 가보는 꿈, 다른 세상을 엿보는 꿈을. 이처럼 나무에 매달린 별은 오히려 니체의 묘보다 더 강렬한 인상으로 상상력을 자극한다.

뢰켄의 집들은 전형적인 유럽풍으로 붉거나 검은 박공지붕에 하얀색 벽으로 되어있다. 아직 제라늄 철이 아니라 창틀에 제라늄은 없었지만 담 밑이나 뜰 안에 핀 수선화나 크로커스 같은 초봄의 꽃들이 아름답다. 마을의 길은 포석이 깨끗하게 깔려 있어서 산책하기 좋은 곳 같다. 하루의 절반 정도를 산책하는데 보냈다는 니체의 습관은 고즈넉한 뢰켄의 마을 길에서 비롯된 것은 아닐까. 너무도 고요하고 평화로워서 그럴 수 있다면 한가하게 한달살이를 해보고 싶은 곳이다.

무엇보다 니체의 생가는 근처에 니체의 무덤까지 같이 있어서 삶과 죽음이 한 자리에 놓인 곳이다. 그래서 삶에도 죽음에도 부끄럽지 않게 더욱 치열하게 살 것을 요구한다. 다시 나무 위에 매달린 별을 생각해 본다. 한가와 분투의, 고뇌와 환희의, 숙명과 자유의 중간 지점, 그들이 맹렬히 만나는 곳. 따라서 하나의 헌장처럼, 선언문처럼, 잠언처럼 인쇄된 문구, '당신은 마침내 지구에서 가장 중요한 곳에 도착했다.' Ich stimme dir zu. (나도 동의한다.)

직립

물이 바위를 일으켰다

직립이다

바위의 어깨에서 흘러내린 피가 노을의 발자국을 따
라갔다

점점이 가슴과 배꼽을 지나며 말라붙었다

바위의 쓸모에 대해

바람이 물었다

징검다리나 돌계단이나 비석이나 너럭바위라도 되어

등을 데워주는 게 낫지 않을까

따뜻한 거품처럼

비가 허공의 소식을 전하고

봄의 꽃잎은 오래 맴돌았다

어쩌면 바닷길로 같이 가보자고 했다

나비가 은행잎처럼 날아와
날개를 적시고 날아갔다
잠자리가 단풍잎처럼 날아와
발을 적시고 날아갔다

발 다친 새 한 마리도 휘청거리며 날아와
아픈 발을 쪼다 씨앗 하나 떨어뜨렸다
바위의 어깨에 나무가 자랐다

나무가 몸을 구부렸다
나무가 바위를 안았다
바위의 어깨가 새의 날개처럼 부드러워졌다

둥근 어깨 위로 둥근 해, 둥근 달, 둥근 별이
뜨고 지고 뜨고 지고 뜨고 지고
둥글게 둥글게

직립한 바위다

둥근 바위다

—「직립」 전문

◇◇◇

　지난 시월 초엔 선바위에 다녀왔다. 선바위 맞은편의 선바위공원 쪽에 주차하고 천천히 강으로 내려가 보았다. 강은 그새 물빛이 바뀌어 쓸쓸한 청록빛이다. 강 자락엔 갈대가 무성히 자랐고 환삼덩굴, 미꾸리낚시, 도깨비바늘, 새삼 등이 얽히고설켜 지나가기가 어려웠다. 예전엔 자갈이 깔렸던 곳도 풀과 관목이 우거져 가을 햇살에 자욱하게 홀씨를 날리고 있다. 가을 노랑나비가 비틀거리며 날아오른다. 어디선가 또 한 마리가 나타나 쌍쌍이 춤을 추며 강 쪽으로 날아간다. 나비는 강을 건너 선바위 쪽으로 갔는지, 이내 사라져 보이지 않는다.

　선바위는 서 있는 것처럼 세로로 길쭉한 큰 바위를 일컫는데, 한자로 입암(立巖)이라고 한다. 경상북도 청도(淸道)의 억산(億山)에서 시작하여 언양에서 고헌과 신불산에서 흐르는 물을 아우르며 동으로 흘러 도는 태화강은 넓내(泗淵)에서, 치술령에서 시류하는 대곡천 물과 합쳐져 범서 망성(望星)에 이른다. '별을 바라보는 마을'이라는 아름다운 이름의 망성을 지나 물이 넓어지고 깊어지는 지점을 옛날에 백룡이 살았다고 하여 백룡담(白龍潭)이라 한다. 이 백룡담에 하늘로 우뚝 솟은 바위가 하나 있는데 이것이 바로 선바위이다.

성리학의 거봉 점필재 김종직은 "입암은 울산(蔚山)의 서북쪽으로 20리쯤에 있다. 물이 재악(載岳)에서 나와 동쪽으로 언양(彦陽)을 경유하여 해구(海口)에 이르러 황룡연(黃龍淵)으로 들어가는데, 입암이 그 굽어 돌아 흐르는 곳에 있는바, 물 가운데 우뚝하게 서 있어 바라보면 마치 부도(浮屠)와 같이 보인다. 그 밑에는 물의 깊이를 헤아릴 수가 없는데, 세속에 전하기를 그곳에 용이 있다고 한다. 해가 가물 적에는 호랑이의 머리를 그곳에 넣으면 반드시 비가 온다."라고 하였다.

날이 몹시 가물 때 이곳에서 기우제를 지냈는데, 호랑이 머리를 넣었다는 것이 이채롭다. 용은 맞수인 호랑이를 인간의 힘을 빌려서라도 이겨보고 싶었던 걸까. 울산에는 범서, 호계 등 호랑이와 관련된 지명이 여럿 있는데, 호환보다 더 무서운 게 가뭄으로 인한 굶주림이었을 테니 그것을 극복하려는 필사적인 노력에 하늘도 감응했으리라.

선바위공원 쪽에서 보면 백룡담과 선바위가 아주 잘 보인다. 백룡담은 정말 백룡이 살았음 직하게 검푸른 물이 굼 싯굼싯 깊어 보이고, 점필재가 부도 같다고 한 선바위는 부처님의 손바닥이나 중세 시대의 성당처럼 보인다. 가장 높이 솟은 바위는 부처님의 가운뎃손가락이나 본당의 첨탑이고 갈라져 솟은 오른쪽의 낮은 바위가 엄지손가락, 혹은 성당의 부속 건물인 셈이다. 바위는 떡시루나 벽돌을 쌓아놓은 것처럼 층층이 색깔이 다르다. 바위의 갈라진 틈이나 우뚝 솟은 옆으론 키 작은 나무들이 우거져 커다란 수석 같기도 하다. 나무에도 살포시 가을 물이 들었나 한여름 녹음에 비해 붉은 기가 살짝 돈다.

선바위 뒤는 무학산 자락이 키를 낮추며 단애를 이루고 있는데, 선바위는 이 절벽과 조금 떨어져 있다. 그러니까 선바위 뒤로도 물이 흐르고 있어 바위가 그대로 물속에서 솟아난 모습이라 더 신비롭고 웅장한 느낌이 든다. 잔잔히 흐르는 물 위로 바위의 모습이 비쳐서 대칭을 이루었다. 수중 왕국의 긴 성벽과 망루 같다. 그리고 절벽 위의 나무는 성벽 위를 빽빽이 메운 기치창검처럼 수중 왕국을 견고히 지키고 있다. 저 바위 끝에 선다면 손을 뻗어 별에 닿을 수 있을까. 그렇다면 망성이 아니라 촉성(觸星)이나 접성(接星)이 되겠다. 그러니 별은 그저 바라보고 꿈꿀 수 있는 아득한 그대로 두는 것이 좋으리라.

이처럼 여러 상상력을 불러일으켜서인지 선바위에는 백

룡이 살았다는 전설 외에 또 다른 전설이 전해진다.

옛날 입암 마을에 아리따운 처녀가 살았다. 시주하러 온 스님이 이 처녀에게 반하여 처녀 주변을 맴돌았는데, 어느 날 처녀가 강가에서 빨래하고 있을 때 상류에서 큰비가 내려 물살에 휩쓸려 큰 바위 하나가 떠내려왔다. 스님이 처녀를 구하려고 뛰어왔지만 두 사람 모두 바위에 깔려 죽고 말았다. 바위는 그 자리에 멈추어 선바위가 되었고 스님의 시체는 백천(栢川)까지 떠내려갔는데, 그곳에서 샘이 솟아나 사람들이 옹달샘이라고 불렀다. 날이 궂으면 선바위에서 애끓는 울음소리가 들리고 백천에서는 큰 뱀이 금빛 서광을 발하며 물살을 가르고 올라가 처녀의 혼과 만난다고 한다. 과연 아름답고 신비로운 바위에 걸맞은 전설이다.

풍광이 기이하게 아름다운 이곳을 옛사람들이 그냥 지나칠 리 없다. 아까 소개한 점필재 김종직은 경상좌도 병마절도사 병마필사로 근무하며 2년간 울산에 머문 적이 있다. 그때 '팔월 십오일 절도사를 모시고 선바위에서 놀다(八月十五日培節度使遊立巖)'란 시를 지었다. 거기에서 점필재는 "삭철 같은 열 길도 넘는 기이한 바위가/ 못 가운데 거꾸로 꽂힌 모양 그림도 그만 못하리"라고 선바위를 표현하였다. 쇠를 깎아 세워놓은 것처럼 날카롭고 단단하며, 아주 가파른 모습의 선바위를 잘 포착하였다. 시의 말미에는 "취한 눈으로 말 머리의 둥근 달을 쳐다보니/ 중추가절이 되었음에 갑자기 놀라네" 하여, 날카로운 선바위와 둥근 보름달이 대비되어 한 폭의 그림 같은 선바위 주변의 풍경을 펼쳐 보인다. 시를 읽으면 정말 보름에 선바위로 달빛 기행을 오고 싶어진다.

선바위 뒤편에는 선암사란 작은 암자와 용암정이란 정자가 있다. 건너편에서 보이는 바위 사이의 작은 기와집이 용암정이다. 용암정의 원래 이름은 입암정이다. 2칸 규모이고 이와 접하여 3칸짜리 집이 있었다고 전한다. 이 집이 은암암(隱巖庵)이다. 입암은 우뚝 솟아 드러나고 은암은 은밀히 숨어있다는 뜻이니, 정자와 암자의 이름이 드러나고 숨음으로 대조를 이루면서도 알맞게 조화롭다. 마치 반달이 반은 빛을 내보이고 반은 그림자 속에 잠기듯, 모든 존재가 숨김과 드러냄으로 서로를 품어 안는 상섭(相攝)의 이치를 말해주는 듯하다.

입암의 절경을 노래한 점필재는 입암정이 지어진 뒤 다시 입암정에 와서 '입암에 차운하다(立巖次韻)'란 시를 짓는다. 차운이란 누군가의 시에 화답하여 짓는 것이다.

"돌 어른은 천 겁 세월 높고 높은데

바람이 갈고 물결이 갉으니 몸은 더욱 견고하네
위태로운 누각에서 아래로 굽어보니 많은 땅은 없는데
한줄기 물이 통하니 작은 하늘이 있네"

김종직은 선바위를 '돌 어른'이라 하였지만, 다른 시인 묵객들은 장부, 석장 등으로 표현하기도 하였다. 모두 돌 어르신이니 제주도의 돌하르방, 마을 앞을 지키는 돌장승 같은 이미지가 떠오른다. 사실 선바위야말로 장승처럼 깊은 물길에서 우뚝 솟아 인근의 망성과 입암 마을, 나아가 태화강 물길이 닿는 울산을 지키는 수호신 역할을 하는 것은 아닐까. 더구나 바람과 물결이 갉아대도 견고하게 버티고 있다 하니 앞으로도 만년 세월을 꿋꿋하게 이겨내길 빌어본다.

선바위공원의 핑크뮬리는 이제 자디잔 씨앗이 가득 달린 분홍코트를 입었다. 몇몇 가족이 잔디밭에 자리를 깔고 소풍을 즐기고 있고 아이들을 위해 만들어진 도담도담 숲 체험원에선 해먹 그네나 집라인을 타는 아이들의 웃음소리가 높았다. 참으로 귀한 소리라 절로 미소가 지어졌다. 저 웃음소리를 거대한 선바위, 울산의 수호신이 지키고 있다. 든든하다.

목련 편지

뜻밖에 목련을 만났다
목련은 한적한 하산길 무너져가는 슬레이트 지붕의
담장 밖으로 솟아올랐다
목련 나무는 하늘을 사랑하여 거침이 없고
목련꽃은 비스듬히 어깨를 기울이는 하얀 귀 같고
다정히 어깨에 올리는 하얀 손 같고

어서 와요, 어서 와요
남편을 위해 동구 밖 가지마다 노란 손수건을 매달았
던 빙고의 아내처럼
하얀 손수건을 흔들며 목젖을 떨며 목련이 말했다
돌아와요, 돌아와요

버려진 사기그릇에 담긴 빗물 같은

마당을 덮은 냉이꽃 같은

아직 어디선가 빨랫줄에 널려 있을 소창 기저귀 같은

목련이

대낮도 어두울세라 가지마다 연등을 매달고

돌아와요, 돌아와요, 돌아와요

목련 나무를 심었던 사람과

목련 나무 그늘에 앉았던 사람과

목련 나무를 떠난 사람은, 그때

목련과 귀 하나씩 바꾸어 달았다

목련의 귀를 달고 쇼핑몰에서 커피숍에서 극장에서

공원의 목련 나무 아래서

주파수를 맞추어 듣는다

돌아와요, 돌아와요, 돌아와요

—「뜻밖에 목련이」 전문

산에서 내려오다 외따로 있는 어느 집 담장 위로 활짝
핀 목련을 만났다. 멀리서 보니 한 송이 하얀 연꽃 같은 데
가까이 가서 보니 수많은 연꽃이 매달린 모습이다. 작은 연
꽃들이 모여 한 송이 커다란 연꽃을 만들어 냈다. 그 빛이
하도 눈 부셔서 눈을 가늘게 뜨고 바라보다가 담을 돌아 대
문 근처로 가보았다. 심하게 녹슨 대문이 활짝 열려 있다.
안에 풀이 가득 한 걸 보니 빈집인가 보다.

목련을 그냥 지나치기 아까워 일행과 함께 집 안으로 들
어갔다. 꽤 오랫동안 사람이 드나들지 않았는지 건물의 슬
레이트 지붕엔 골을 따라 듬성듬성 풀이 나 있고, 쪽마루
에 달린 유리도 깨졌다. 빈 창고의 함석지붕은 반쯤 기울었
다. 마당 가의 우물엔 검은 물 위로 썩은 낙엽이 떠 있고, 우
물 벽엔 고사리가 자라고 퍼런 이끼가 피었다. 담 아래로 잡
풀에 점령당한 화단의 흔적. 아직 잎이 나지 않은 바짝 마른
배롱나무.

뒤꼍에 가보니 담과 안채의 좁은 뜰엔 하얀 냉이꽃이 가
득 피어 있다. 마당엔 여러 가지 잡초가 가득한데 뒤뜰은 냉
이꽃 일색인 것이 신기하다. 냉이꽃 사이로 사기그릇 몇 개

가 뒹굴고 있다. 지금은 잘 쓰지 않는 두껍고 투박한, 하얀 종지, 사발, 대접들.

목련은 거기 있었다. 뒤뜰의 둥글게 꺾이는 담 안쪽에. 뒤뜰이 아연 환하다. 우리는 그 순백의 빛깔에, 그 부드러운 꽃잎에, 그 달콤한 향기에 감탄하며 목련 나무를 바라보았다. 목련 나무 전체가 하나의 커다란 등불 같다. 꽃 송이송이는 하나의 하얀 등이고 그 등이 모여 커다란 등, 하얀 불꽃을 만들어 냈다. 그래서 목련 나무는 낡은 집 주위를 환히 비추고 있었다.

여기 좀 봐요. 우리와 떨어져 이곳저곳 기웃거리던 일행이 큰 소리로 우리를 불렀다. 처마 아래 플라스틱 장난감 말이 놓여 있었다. 갈색빛이 허옇게 바랬다. 이걸 타던 아이는 이제 몇 살이 되었을까? 우리는 눕혀진 장난감 말을 일으켜 세우며 사람들이 언제 이 집을 떠났는지 궁금해했다.

왜 떠났을까. 집의 상태를 보니 거의 돌보지 않는 것 같은데 집은 왜 그냥 두는 걸까. 팔고 싶어도 요새 빈집이 많아서 안 팔리는 걸까. 여기 살던 사람도 활짝 핀 목련을 생각할까.

다시 목련을 바라보니 왠지 '노란 손수건'의 빙고 아내가 생각났다. 오랫동안 감옥생활을 하던 빙고가 출소하면서 아내에게 쓴 편지. 아직도 나를 기다리고 있다면 마을 앞에 있는 큰 나무의 가지에 노란 손수건을 한 장 매달아 달라고, 만약 손수건이 안 보이면 나는 그대로 떠날 거라고. 그런데 그 나무에 노란 손수건이 한 장이 아니라 가지마다 매달려 가을 은행잎처럼 노랗게 노랗게 물결치고 있더라는 이야기.

그렇다면 이 하얀 목련꽃은 하얀 손수건이 아닐까. 주인이 돌아올 때 환영의 의미로 힘껏 흔들며 주인이 그냥 떠날까 봐 가지마다 매달려 온몸으로 나 여기 있어요, 여기 있어요, 하는.

저 하얀 빛은 구조를 바라는 신호 같기도 하다. 제리코가 그린, 가라앉는 메두사호에서 옷을 벗어 처절하게 흔들던 사람들처럼. 목련은 빈집의 주인에게 지금 애타게 돌아오라는 신호를 보내는 것이다. 저 활짝 핀 목련 꽃잎은 돌아와요, 돌아와요, 소리쳐 부르는 목련의 외침일 테고. 그리고 지금 어느 도시에 있을 빈집 주인의 영혼 어느 한쪽은 그 집에 묶여 있어서, 어쩌면 그 떨림이 전해지는 건 아닐까. 그러니까 저 목련꽃은 빙고가 아내에게 쓴 편지처럼 목련 나무가 주인에게 쓴 편지인 셈이다.

고등학교 때 학교 가는 길에 목련 나무가 있는 집을 지나곤 했다. 담장 위로 솟아오른 목련 나무에 꽃이 피면 주변이 환했다. 하지만 목련꽃은 만개의 시간이 너무 짧다. 학교에서 돌아올 때쯤이면 담장 밖으로 목련꽃이 수북이 떨어져 있었다. 짧아서 아쉬웠던 하얀 시간. 그 집의 대문은 늘 닫혀있어서 저 집엔 누가 살까, 대문 안쪽은 무슨 모습일까, 목련이 있는 정원은 어떤 모습일까 궁금했다. 목련꽃은 그 집을 신비롭게 만들어 주는 고고한 꽃이었다.

그런데 목련이 환히 핀 집안을 지금 들여다보니 잡초와 깨진 유리와 기울어진 지붕으로 그 신비로움은 다 벗겨지고 그냥 황폐해진 한 집안의 속을 다 보아버린 느낌이다. 그렇게 생각하니 그 환하던 꽃이 갑자기 청승스럽게 느껴지기도 한다. 꽃들이 두서없이 마구 피어 헝클어진 느낌도 든다. 무엇이 배경인가에 따라 사물이 주는 느낌이나 이미지가 달라져 보인다. 저 목련꽃도 사람들이 떠나기 전 흥성거리던 상황에서 보았다면 모시 저고리 옷고름처럼 단정해 보였을 것이다. 그래서 이 집의 원래 모습은 어떨지 마음속으로 상상해 본다.

앞마당은 정갈히 비질이 되어있고 아기를 업은 젊은 엄마가 빨랫줄에 기저귀를 널고 있다. 조금 큰아이는 장난감 말을 타고 이랴이랴, 즐거워한다. 뒤뜰의 목련은 아직 어려서 몇 송이 달린 목련꽃이 담 위로 간신히 솟아있는 모습을. 만약 내가 그때 이 집을 지난다면 나는 담 위로 솟은 몇 송이 목련 때문에 담 안쪽이 궁금하여 까치발을 들었을까. 목련꽃 흰빛처럼 마당에 가득한 하얀 햇살이 눈 부셔서 눈을 찡그렸을까.

세월이 지나며 많이 낡아졌지만 아직은 튼튼한 이 집에 누군가 주인이 나타나길 빈다. 옛 주인이 아니라 새 주인이라도. 마당에 풀을 뽑고 유리를 갈고 마루를 쓸고 기울어진 지붕을 바로 잡기를. 저 배롱나무부터 맞은 편 대추나무까지 빨랫줄을 치기를. 그 빨랫줄에 목련처럼 하얀 소창 기저귀가 걸리기를. 목련이 환히 웃으면 목련꽃뿐 아니라 아이의 웃음소리까지 환히 담장을 넘기를.

낡은 집을 떠나며 보니 벌써 목련 꽃잎이 지고 있다. 목련이 밤새 쓴 편지가 한 장 두 장, 바닥에 쌓이고 있다.

고원의 바람

오월의 고원은 유충의 허물 같다

먼지와 삭정이와 물항아리 빛이다

풀은 그제야 꼭 쥔 손을 펴고 슬금슬금 빛을 풀어놓고

풀은 야크의 발자국을 따라 자란다

땅바닥을 혀끝으로 벌리며 야크가 풀을 뜯는다

점점이 찍힌 야크의 똥은 풀빛과 구별되지 않고

느리게 건너는 해의 눈동자도

오래 펄럭이던 타르초*도

바람에 씻긴 말머리 뼈도

모두 바위의 그늘을 닮았다

사람들은 망태기에 거둬들인 배설물을 어워**처럼 쌓
아놓고
　또 어느 바람결에 풀풀풀 풀어놓는다

　고원에서 하늘과 땅과 짐승과 사람과 풀과 바람은 하
나다
　아랫도리 내놓은 아이가 잡은 문기둥처럼
　사방으로 열려 있다

　고원의 바람은 독수리를 부르고
　독수리는 높이 솟은 룽다***위에서 울음을 날린다

　바람이 울음을 멀리 실어가면

　고원의 끝에선 독수리 머리를 닮은 할미꽃이 핀다
　할미꽃이 피면 독수리 날개를 타고 봄이 온다

---

* 　경전을 적은 오색 헝겊.
** 서낭당과 비슷한 몽골의 돌무더기.
*** 경전을 적은 헝겊을 매단 장대.

고원에선 청춘의 빛이다, 저 정갈한 꽃

꽃의 이마에 설산의 그림자가 닿는다

—「고원」 전문

◇◇◇

테를지 국립공원은 독특한 바위 지형과 자연경관으로 유명한 몽골의 국립공원이다. 공원 안에는 여러 채의 게르로 이루어진 캠프장이 곳곳에 있어서 관광객이 머물 수 있다. 공원이 넓어서 초원부터 높고 낮은 언덕, 바위산 등 여러 지형이 보인다. 바위산 위에는 자작나무 같은 나무들이 듬성듬성 나 있고, 군데군데 이끼 같은 풀들이 보이지만 한 덩이의 크기로 압도하는 바위들이다.

공원 안의 초원은 낮게 굽이치며 드넓었다. 아직 오월 초라서, 초원에는 미처 자라지 않아 잔디처럼 짧은 풀들이 깔려 있다. 양지꽃, 봄맞이꽃 같은 꽃들이 군데군데 피었는데 꽃송이는 작고 키도 낮았다. 무엇보다 할미꽃이 많았다. 연보라색 할미꽃이 게르 주변에, 초원 위에 몇 포기씩 무리 지어 지천으로 피어 있다. 아름다운 색깔의 이 몽골할미꽃에도 할머니와 세 딸 같은 전설이 있을까 궁금해졌다. 효를 강조하는 농경문화와 달리 끝없이 이동하는 유목문화에는, 꽃에 얽힌 이야기에도 공동체와 생존에 관한 또 다른 유래담이 있을 것 같다.

초원에는 야크와 말, 염소의 배설물이 여기저기 흩어져 있는데, 흙의 빛과 비슷한 갈색이나 회색 옷을 입은 사람들이 바구니나 갈퀴를 들고 배설물을 모으고 있다. 모두 느릿느릿 한가하고 여유롭게 움직이는 것 같은데도 배설물은 금세 커다란 무더기를 이루었다. 지금 눈앞에 보이진 않지만, 아주 많은 가축과 짐승들이 있나 보다. 초식 동물의 분변은 냄새도 심하지 않아, 거름이나 땔감으로 사용되는 순환의 고리를 이룬다. 건조하고 메마른 땅 위에 놓인 모든 부산물은 기어이 대지의 양분이 되고, 투박한 손길로 거두어지는 그 하나하나가 다시 따뜻한 불꽃으로, 혹은 다음 해 싹터 오를 생명의 씨앗으로 돌아온다. 이곳에서는 흐르는 시간마저 느리고 투명해서, 모든 존재가 서로에게 스며드는 고요한 우주를 보는 듯했다.

가장 먼저 들른 곳이 아리야발 새벽 사원. 새벽 사원은 백팔 개의 계단 위에 지어진 관음보살을 모신 사원이라는데 사원이 코끼리의 몸, 계단이 코끼리 코에 해당하여 코끼리 사원이라고도 불린단다. 과연 멀리서 보니 영락없는 코끼리 모양이다. 사원 양쪽으론 커다란 바위 절벽이 있어, 왼쪽으론 사대천왕이, 오른쪽으론 옴마니밧메훔이란 글자가 새겨져 있다.

가다 보니 큰 마니차가 있는 건물이 나온다. 이 마니차는 독특하게도 꼭대기에 숫자가 새겨진 둥근 판과 시곗바늘 같은 게 달려서 마니차가 돌 때 따라 돌게 되어있다. 바늘 끝이 가리키는 숫자가 그 사람의 운세라는데, 사원 가는 길에 그 풀이가 적힌 판들이 세워져 있다.

위에는 부처를, 앞에는 향로를 둔 작은 돌무더기도 있었다. 향로 안에는 향보다 동전이 더 많았는데 그중 우리나라 동전이 가장 많았다. 몽골 여행객의 대다수가 우리나라 사람임을 알겠다.

새벽 사원을 가려면 흔들다리를 지나야 한다. 바닥이 깊진 않은데 다리가 낡아서 혹시라도 떨어질까 봐 빠르게 건너갔다. 흔들다리는 백팔계단과 마찬가지로 구법(求法)의 어려움을 상징하는 걸까. 어쨌든 흔들다리와 가파른 계단을 오르니 우리나라 대웅전에 해당하는 관음 사원이 있다. 사원 둘레에 배치된 작은 마니차를 돌리며 사원을 세 바퀴 돈 다음 종을 치고 사원 안의 관음상에 절을 하면 소원이 이루어진다는데, 아름다운 몽골에 온 것만으로도 이미 소원이

219

이루어진 게 아닌가. 다만 날씨가 변덕스러울 거라는 예보가 있어서 밤에 제발 별을 볼 수 있게 해달라고 빌었다.

새벽 사원을 본 뒤 갈 때 지나쳤던 거북바위에 들렀다. 거북바위는 한눈에도 한 마리 거북과 흡사한 커다란 바위이다. 버스 안에서 가이드가 거북바위에 얽힌 재미있는 전설을 들려주었다. 옛날 욕심쟁이 왕비가 보물을 거북바위 동굴에 숨겨두고 죽어서도 그 욕심을 버리지 못했는지, 보물을 꺼내려다 떨어뜨리면 왕비의 비웃음 소리가 들리고, 욕심 많은 사람은 동굴에 들어가지도 못한다는 이야기다.

이 지역은 히말라야나 사하라처럼 옛날엔 바다였다고 한다. 커다랗고 기기묘묘한 바위들은 바닷물의 침식작용으로 만들어진 걸까. 거북 바위뿐 아니라 코끼리, 낙타, 사람 등을 닮은 바위마다 온갖 전설이 깃들여 있을 것 같다.

테를지 국립공원 안에서나, 울란바토르 가는 광활한 벌판에서나 종종 우리나라 서낭당을 닮은 어워를 만났다. 어워는 돌무더기를 쌓아놓은 곳으로, 어워 주변을 세 바퀴 돌면서 한 바퀴마다 돌멩이 하나씩을 던진 뒤 소원을 빌면 이루어진다고 한다. 세 개의 돌멩이는 과거, 현재, 미래의 삼세를 뜻하며, 신에게 공물을 바쳐 안녕을 기원하는 것이란다. 물론 어워 앞에는 신에게 바치는 각종 과자와 사탕 같은 것이 놓여 있다. 신도 달콤한 것을 좋아한다!

어워에는 보통 타르초를 치거나 룽다를 세웠다. 타르초는 경전을 적은 오색 천으로, 만국기처럼 줄에 엮어 바람에 흩날리게 한다. 룽다는 역시 경전을 적은 긴 천을 막대기에 두른 것이다. 룽다는 바람의 말(風馬)이란 뜻으로, 타르초든 룽다든 천에 적은 부처님의 말씀이 바람을 타고 온 세상으로 퍼지길 기원하면서 만든 것이다.

유목민에게 바람은 생명의 근원이자 모든 것을 실어 나르는 거대한 손길이다. 바람은 펄럭이는 천 조각에 담긴 지극한 기도와 지혜를 싣고 광활한 초원 곳곳에, 쉽사리 가기 어려운 곳까지 흘려보낸다. 이는 단순히 부처님의 말씀과 인간의 염원을 전하는 것을 넘어, 삶의 고단함과 슬픔, 번뇌까지도 떠나보내고 정화하고자 하는 간절한 마음의 표현이다.

울란바토르로 가는 길에 전나무 같은 나무가 일렬로 서 있는 곳을 지나왔다. '수원 시민의 숲'으로, 숲이 많지 않은 몽골에 숲을 가꾸기 위해 자매결연을 한 수원 사람들이 심어 놓은 나무라고 한다. 아직 어린나무라 얼마큼 활착하고 우거질지는 모르기만 괜스레 뿌듯했다.

몽골은 내륙 국가라 주변 러시아와 중국과의 협력이 절

대적으로 필요하다. 바다가 없어서 해외 진출에 어려움이 많고 물류비용이 많이 들기 때문이다. 로마제국보다도 컸다는 원제국을 생각하면 격세지감이다. 하지만 몽골은 이제 발전하기 시작하는 나라이다. 시내 여기저기 공사가 한창이고 관광객도 눈에 많이 띈다.

비가 귀한 곳이라 손님이 왔을 때 비가 오면 행운의 손님이라고 잘 대해 준단다. 가이드는 어제 비가 내렸으니 우리도 비를 몰고 오는 행운의 손님이라고 추켜세웠다. 더구나 비가 그친 뒤 아름다운 무지개가 나타났으니.

그런데 요즘은 기후 변화로 예전보다 비가 자주 내린다고 한다. 작년엔 울란바토르 시내에 홍수가 나서 자동차가 물에 잠기기도 했단다. 몽골은 큰 강이 드물어 지하수를 뽑아 쓰는 실정이니 비가 자주 오면 물 부족 해결에 도움이 될 것이다. 하지만 기후 변화가 어떤 식으로 진행될지는 모른다. 몽골도 기후 위기의 시험대에 서 있는 셈이다.

1990년에 한국과 몽골이 국교를 맺었다. 몽골에선 한국 드라마와 K팝이 큰 인기를 끌고 있고 가고 싶은 나라로 손꼽힌다. 우리도 몽골을 소개한 예능 프로의 영향으로 몽골로 가는 관광객이 급증하고 있다. 우리의 기술과 몽골의 자원이 손을 맞잡는다면, 상호 보완적인 관계를 통해 함께 성장하고 발전할 수 있으므로 서로에게 매우 유익할 것이다.

무지개의 끝을 볼 수 있다는 몽골. 아직 별이 찬란한 몽골. 한 번 몽골을 다녀간 사람은 탱그르 신이 두 번 더 초청해서 평생 세 번 몽골에 오게 된단다. 부디 그 축복이 나에게도 허락되기를. 그리하여 광활한 대지 위에서 고비사막의 뜨거운 심장이나 홉스굴의 푸른 눈물, 알타이산의 웅장한 기상, 그리고 우리 민족의 시원이기도 한 바이칼 호수까지 기필코 마주하게 되기를. 그 길목마다 다시 만날 어워를 세 번 돌면서, 세상의 모든 상처와 희망을 바람에 실어 떠나보내는 축원을 올리게 되길.

신의 나라

천에 경전을 새긴 것은
바람에 경전의 말씀 날아가 널리 퍼지라는 뜻

빨강파랑노랑하양검정
오색 타르초는 가을바람에 힘껏 몸을 흔들며
참깨를 털 듯 말씀을 털어내고 있다

바람 신전에 찍힌 고요의 발자국들
자욱하게 붐비다가

등불처럼 걸린 마리골드 꽃목걸이에도
사원 바닥을 베개 삼아 잠든 늙은 개의 터럭에도
화장터 짚불의 재처럼 내려앉는다
검은 눈물처럼 시들어가는 냇물에도

그러다 산의 뿌리, 돌의 뿌리, 나무뿌리에 스며들어

이듬해 봄 무우수나무꽃[*]으로 필 것이다

사라수나무잎^{**}으로 돋을 것이다

바람을 건너온 허공의 지문 같은 말씀이

—「바람 경전」 전문

◇◇◇

네팔엔 3억 3천의 신이 있다고 한다. 네팔 인구가 삼천만 명이니 사람보다 열 배나 더 많은 신이 사는 셈이다. 이처럼 신이 많으니 그 신들이 머무는 사원도 많다. 네팔의 주요 종교는 힌두교인데, 실제 마을엔 중심이 되는 큰 힌두 사원이 있고 빈터나 길가엔 작은 사원이 셀 수 없이 많다. 건물 안에 작은 신당을 들이기도 한다. 사람들은 날마다 신당이나 사원 앞에서 향을 피우고 꽃이나 쌀 같은 제물을 바치며 가정의 안녕을 빈다. 그 가운데 세계적인 관광지가 된 사원도 많다. 네팔에 머물면서 우리도 몇 군데의 유명 사원을

---

* 2~4월에 붉은색 꽃이 피는 상록수로 부처님이 이 나무 밑에서 태어났다고 한다.
** 남아시아 열대지방에 사는 상록활엽수로 부처님이 이 나무 사이에서 열반에 들었다고 한다.

둘러보았다.

네팔에서 가장 먼저 들른 사원은 스와얌부나트 스투파이다. 이 사원엔 원숭이들이 많아서 원숭이 사원이라고도 불리는 불교 사원이다. 스투파는 불탑을 말하는데, 과연 가파른 계단을 올라가니 크고 작은 탑들이 수없이 나타났다. 그중 가장 중요한 탑인, 하얀 돔 위에 커다란 황금 탑을 얹은 모양의 사리탑엔 실제로 20kg의 황금이 들었다고 한다. 몇 해 전 지진으로 일부가 파손되어 수리 공사가 한창이었다. 특이하게도 황금 탑의 네 면마다 사면을 밝히는 진리의 눈동자가 새겨져 있었다. 미간에는 차크라라는 제3의 눈이 있고, 그 아래에는 네팔 글자로 숫자 1을 나타내는 물음표 모양의 문양이 있는데, 이는 모든 곳에 신이 현존하고 우주적 차원이 하나임을 의미한다고 한다.

다음 날 들른 사원은 깨달음의 사원으로 알려진 부다나트 스투파이다. 네팔 속의 작은 티베트로 불리는 티베트식 사원인데 1979년 유네스코 세계문화유산에 등재되었다고 한다. 약 36m의 스투파는 스와얌부나트처럼 하얀 돔 위에 황금 탑을 얹은 모습이다. 돔 위엔 노란 꽃잎이 새겨져 있어 돔이 연꽃임을 나타내고 있다. 황금 탑 사면엔 역시 지혜와 진리의 눈이 있다.

연꽃 아래에는 스투파를 빙 둘러 커다란 마니차가 줄지어 있다. 마니차는 경전을 넣은 통으로 한 번 돌릴 때마다 경전 한 번을 읽은 것과 같은 효과가 있다고 한다. 마니차를 돌리며 가다 보니 위로 올라가는 계단이 나온다. 계단을 오르니 탑 꼭대기에서 아래로 늘어뜨린 오색 타르초도 보인다.

네팔은 석가모니의 탄생지이자 불교가 태동한 곳으로 한때 불교가 융성했지만, 인도의 영향으로 네팔에도 힌두 왕조가 들어서면서 1768년에는 국교가 힌두교로 바뀌게 되었다. 이후 2008년에 네팔은 비로소 세속 국가가 되면서 종교의 자유를 누리게 되었다. 물론 네팔인 대다수는 힌두교를 믿지만, 엄밀히 말하면 힌두교와 불교가 자연스럽게 섞여 있는 모습이라고 할 수 있다.

힌두교는 여러 신을 믿는 다신교이지만, 창조의 신 브라마, 유지의 신 비슈누, 파괴의 신 시바를 주요 신으로 꼽는다. 그중에서도 막강한 힘을 가졌다는 시바 신을 모신 사원이 압도적으로 많다. 카트만두를 떠나 포카라에 갔을 때 우리는 가장 큰 시바 신상이 있는 시바 신전엘 들렀다.

신전에는 커다랗고 파란 시바 신의 좌상이 있다. 이마의 제3의 눈을 크게 뜨고 아래를 굽어보는 시바 신은 목에 코브라를 두르고, 왼손엔 삼지창과 모래시계처럼 생긴 다마루란 북을 들고 있는데, 각각 지혜와 통찰, 파괴와 보호, 그리고 우주의 시간을 상징한다고 한다. 신상 아래에는 시바의 아들 가네샤 상과 신의 상징이라는 링가 등이 자리 잡았다. 사람들이 몰려들어 만지고 빌고 사진 찍는다고 야단법석이었다.

시바 신의 몸이 파란 까닭은 우주가 혼돈에 빠졌을 때 세상을 구하기 위해 모든 독을 마셨고, 그 독을 삼키지 않고 목에 가두었기 때문이라고 한다. 힌두교 신자들이 파괴 신인 시바 신을 숭배하는 것은 파괴 이후의 새로운 창조와 함께 시바 신의 자비심에 대한 감동과 존경 아닐까.

무엇보다 시바 신은 세상의 파괴와 창조를 춤으로 이룬다는 춤의 신이다. 시바 신의 춤은 창조와 탄생의 활력이자 우주의 질서와 무질서, 평화와 전쟁에 대한 거대한 은유이다. 춤은 인간의 유희를 넘어선, 우주를 관장하는 신성한 힘과 작용 그 자체이고, 모든 존재의 생성과 소멸이 이 춤에 담겨 있다. 다윗도 하느님의 언약궤를 예루살렘으로 가져오면서 소고를 두드리며 춤을 추었다. 왕의 체통이나 위엄을 벗어던지고 어린아이처럼 순수하게, 기쁨과 경외심을 춤으로 표현하였다.

다윗의 춤이 피조물이 창조주께 바치는 가장 순수한 헌

신의 형태라면, 시바 신의 춤은 창조주 자체가 우주의 모든 현상을 주관하는 가장 역동적인 형태라고 할 수 있다. 모두 '춤'이라는 행위를 통해 세상 만물을 초월하는 신성함과 깊이를 표현하고 있다. 신도 춤을 좋아한다! 미끈한 몸의 파란 신이 춤을 추는 모습은 상상만으로도 즐겁다.

네팔에는 이처럼 불교 사원과 힌두교 사원이 서로 조금씩 뒤섞인 모습으로 곳곳에 있다. 3억 3천의 신들도 사원이든 동물이든 식물이든 혹은 사람이든 어느 곳에든 스며들어 세계와 일상을 주재하며 조용히 살아가고 있다.

하지만 가장 강렬한 느낌을 준 곳은 시바 신을 모시는 파슈파티나트 사원이다. 붉은 벽돌로 지어진 이 사원엔 수많은 건물과 감실과 탑이 있다. 규모가 크다 보니 엄청난 순례객이 몰리고 당연히 이들의 인정에 호소하는 걸인들이 들끓는다. 이들이 머무는 공간일까. 사원의 외진 곳에서 낡은 담요와 옷가지가 놓여있는 걸 보았다. 그러니까 이들은 사원 한쪽에 희고 붉게 핀 부겐빌레아꽃처럼 사원을 터전 삼아 살아간다. 낮과 밤의 시간, 먹고 자고 씻는 일상, 나고 자라는 모든 삶을 사원과 함께한다. 사실 사원 밖을 흐르는 바그마티강은 인도의 갠지스강처럼 거대한 화장터이다. 죽음까지 함께 하는 것이다.

바그마티강의 강폭은 그다지 넓지 않다. 강은 반짝이는 윤슬조차 잘 보이지 않는 잿빛이다. 강은 느리게 흘렀다. 수심도 깊지 않은지 군데군데 모래턱이 쌓여 있고 거기에는 온갖 것들이 걸려 있다. 짚과 나뭇가지, 판자들, 옷가지, 신발짝. 마리골드 화환, 비닐봉지, 살아있을 때 걸쳤던 모든 것을 저기 걸쳐두고 그저 빈손으로 떠나라는 것인지 흐르는 줄도 모르게 느릿느릿 흐르는 강물은 삶의 흔적을 저리 받아두다 천천히 가라앉히거나 떠내려 보냈다.

화장터는 강의 저편, 그러니까 파슈파티나트 사원 쪽에 있다. 사원을 둘러보고 나오니 마침 새로운 시신을 화장하는 중이었다. 화장장은 바닥과 울타리에 마리골드 화환을 걸쳐 놓았다. 바닥의 장작 위에 짚을 깔고 시신을 눕힌 다음 다시 짚을 두툼하게 얹는다. 시신에 불이 붙기 시작하면 계속 짚을 넣으면서 불땀을 조절했다. 짚은 검은 연기를 자욱하게 내면서 탔다. 유족들은 무표정하게 앉아 있고, 짚을 뒤적거리는 인부의 얼굴이 땀으로 번들거렸다. 짚으로도 미처 가리지 못한 시신의 발과 손이 보였다. 모든 게 너무나 일상적으로, 너무나 평온하게 보여서 가족이 아닌 다른 사람의 시신을 이처럼 가까이서 보는 것은 처음인데도 왠지 무섭지 않았다.

그런데 갑자기 상류 쪽, 강을 가로지르는 다리 바로 위쪽에서도 시신을 화장하기 시작했다. 상류 쪽은 귀족들 화장터라는데, 그래서인지 유족들의 입성이 화려하다. 네팔인들은 장례식 때 우리처럼 검은 옷을 입지 않는다. 빨갛고 파란 일상복 그대로 장례를 치른다. 아니, 오히려 장례식 옷차림이 더 화려한 것 같다. 죽음이 삶의 끝이 아니고 새로운 몸을 받아 세상에 다시 온다는 힌두교의 윤회 사상 때문일까. 화장터 계단에 모여 앉은 유족들은 슬퍼하지만 슬퍼하지 않는 것 같은, 미묘한 분위기를 풍겼다.

여기에선 마리골드를 바닥에 깔고 사이사이 짚을 넣고 시신을 안치한 다음 다시 마리골드로 덮었다. 마리골드 화환이 바닥에, 주변에 넘쳐났다. 마치 주홍빛 꽃상여 같다. 온통 마리골드다. 네팔인들은 집 근처에 화단을 만들어 마리골드꽃을 심고 가꾸며 그 꽃을 탄생과 축제와 죽음에 이용한다. 행운의 의미로 입구의 그릇에 담아두고, 손님에게 화환을 만들어 걸어주고, 만다라 문양을 만들고, 마침내 이렇게 마지막 가는 길에 시신을 화장할 때 사용한다.

다리를 사이에 두고 거의 비슷한 시간대에 두 구의 시신이 화장되는 것을 본 셈이다. 상류에서는 부유한 할머니가 마리골드꽃에 둘러싸여 화장되었고, 아래쪽에선 가난해 보이는 시신이 짚을 깔고 덮고 짚에 묻혀 화장되었다.

짚과 마리골드! 죽음은 공평할지 모르지만 죽은 뒤의 모습은 공평하지 않다. 누구는 오동나무 관과 꽃상여에, 누구는 거적때기에 덮여 북망산천을 오르듯 여기서도 마찬가지다. 하지만 거적때기야말로 가장 자연 친화적이다. 아마 땅속에 들어가면 가장 먼저 썩어 흙으로, 자연으로 돌아갈 것이다.

짚은 우리의 의식주 모든 곳에 직접 관여한다. 쌀밥을 먹고 짚을 섞은 벽돌로 집을 짓고 또 거름이 되어 뭇 식물을 키운다. 짚은 잘 마르고 가벼워서 일찍 탄다. 머뭇거리지 않는다. 곧 연기가 되어 사라진다. 연기의 색깔은 고요히 누워있는 저 바그마티강을 닮았다. 짚이야말로 죽음과 순환의 의미를 잘 보여주는 재료다.

네팔의 신은 축제에서도 느낄 수 있다. 우리가 갔을 때는 마침 티하르 축제 기간이었다. 티하르는 빛의 축제이다. 부의 여신 락슈미를 초대하기 위해 집과 거리를 온갖 촛불과 등불로 밝힌다. 빛의 축제라서 그런지 카트만두에 도착한 뒤부터 건물과 골목을 밝히는 온갖 종류의 전등을 보았다. 우리나라에선 크리스마스 때 트리나 거리를 밝히는 환한 빛이 여기에선 티하르 축제 때 이용되어 축제의 분위기를 한껏 돋운다. 거리나 골목이 전등 빛으로 눈 부시다면 가정에선 락슈미 여신을 모신 작은 신당 주위에서 촛불이 타오른다. 여신을 집안으로 들이기 위해 입구에 아름다운 만다라를 꾸며두고 신당까지 꽃과 발자국, 빛으로 장식한다. 저 빛과 꽃의 길을 따라 락슈미 여신이 집안으로 들어와 좌정하고 한해의 복과 행운을 가져다준다고 한다.

닷새 동안 진행되는 티하르 축제에는 날마다 섬기는 대상이 다르다. 첫날은 까마귀, 둘째 날은 개, 셋째는 소의 날이자 부의 여신 락슈미를 모시는 날로 각각 해당하는 짐승이나 신상에 마리골드 목걸이를 걸어주고 성대히 대접한다. 넷째 날은 황소의 날, 그리고 자기 자신을 기리는 날이다. 다섯째이자 마지막 날은 바이 티카라 하여 형제자매끼리 이마에 티카를 발라주고 장수를 기원한다. 우리가 도착한 날이 소의 날인지, 정말 목에 마리골드 화환을 두르고 뿔에 갖가지 장식을 한 소를 볼 수 있었다. 소는 느긋하고 평화롭고, 꽃목걸이를 둘러서인지 매우 멋져 보였다.

네팔인들은 만물에 신이 깃들여 있다고 믿는다. 까마귀나 개, 소를 대접하는 것도 그들에게서 숨은 신을 보기 때문이다. 신은 무엇으로든 변할 수 있고, 언제 어디서든 현현할 수 있으니 그 신들은 하나이자 모든 것, 모든 것이자 하나이다. 그러니 그들의 현현을 기려 가장 아름다운 꽃으로, 가장 아름다운 빛으로, 가장 아름다운 색깔로 경배하고 축복하는, 그것이 축제의 모습인 셈이다.

사원과 화장터에서 축제에서 네팔의 많은 사람과 신을 만났다. 주위에 신이 아닌 게 없다. 엄마, 아빠, 손님, 스승, 가축 모두 신이다. 하지만 무엇보다 우리 자신이 신이었다. 어디서든 마리골드 화환과 스카프인 카타를 둘러주고 이마에 티카를 찍어 주며 축복을 빌었다. 축제 날엔 마리골드꽃을 마구 뿌리는 꽃 샤워도 받았다. 그 따뜻한 축복들은 세상의 모든 존재가 그러하듯, 우리 또한 신성한 생명임을 일깨워 주었다. 진정 신의 나라는 외부가 아니라 각자의 마음속에 깃들어 있다는 것을.

송은숙

2004년 《시사사》 신인상을 받아 시인으로 등단하였고, 2017년 《시에》를 통해 수필가가 되었다. 시집으로 『돌 속의 물고기』 『얼음의 역사』 『만 개의 손을 흔든다』 『열두 개의 심장이 있다』, 산문집으로 『골목은 둥글다』 『십일월』이 있다.

시와 문장을 잇는 이야기들

달의 바퀴를 굴리며

2025년 11월 20일 초판 1쇄 인쇄
2025년 11월 25일 초판 1쇄 발행

지은이 | 송은숙
펴낸이 | 권오상
펴낸곳 | 연암서가
등 록 | 2007년 10월 8일(제396-2007-00107호)
주 소 | 경기도 고양시 일산서구 호수로 896, 402-1101
전 화 | 031-907-3010
팩 스 | 031-912-3012
이메일 | yeonamseoga@naver.com
ISBN 979-11-6087-151-7 03810
값 17,000원

울산광역시   울산문화관광재단

이 책은 울산광역시, 울산문화관광재단 '2025년 예술창작활동 지원사업'의
지원을 받아 발간되었습니다.

이 책에는 Mapo금빛나루체가 사용되었습니다.